Mujeres y criados

CLÁSICOS UNIVERSALES

LOPE DE VEGA

Mujeres y criados

Prólogo de
ALBERTO BLECUA
Edición de
ALEJANDRO GARCÍA-REIDY

EDITORIAL GREDOS, S. A.

MADRID

CONTENIDO

NUEVA FAMA PÓSTUMA DE LOPE

por

ALBERTO BLECUA

Lope escribió en todos los géneros en cantidad tal que resulta inimaginable para un autor de nuestro tiempo. Fue famoso y lo es por su creación dramática, pero también por su prosa y poesía y por su fecundidad: piénsese que en 1773-1779 el benemérito Cerdá y Rico publicó en veintiún volúmenes de unas quinientas páginas cada uno las *Obras sueltas de Lope de Vega*, en la extraordinaria imprenta de don Antonio de Sancha,[1] lo que arroja la cifra asombrosa de diez mil páginas. Solo las *sueltas*, porque las reunidas en tomos, las llamadas *Partes* de comedias, llegan a más de trescientas obras, además de todas las perdidas, como la recientemente recuperada y aquí editada por Alejandro García-Reidy, *Mujeres y criados*, sobre la que se han explayado, por fin, en vez de tratar de los correveidiles futboleros, los medios de comunicación, a quienes los filólogos agradecemos estos desvelos en la difusión de una noticia sobre Lope de Vega.

Su mayor panegirista, algo o bastante hagiógrafo, Juan Pérez de Montalbán, afirma en la *Fama póstuma* (Madrid, 1636, f. 12r): «Las comedias representadas llegan a mil y ochocientas. Los autos sacramentales pasan de cuatrocientos». Y Montalbán enumera a continuación gran parte de las

---

1. Hay reedición facsimilar en Madrid, Arco Libros, 1989 con un excelente prólogo de María del Pilar Palomo donde traza la historia de este impresor ilustrado de importancia capital para las letras en el siglo XVIII y principios del XIX. Los tomos 20 y 21 recogen obras de otros autores como las *Essequie Poetiche* que dedicaron a Lope los poetas italianos. Casi 300 son los suscriptores de la colección de Sancha y abundan los que pertenecen a la Iglesia. Buen siglo era ese ilustrado. En cambio, los suscriptores de la edición de la RAE no pasan, en el primer tomo, de una veintena.

obras sueltas. Aquí Montalbán se limita a seguir el listado que Lope incluye en la póstuma y mal llamada *Égloga a Claudio,* que se publicó en Madrid, 1637, en *La vega del Parnaso.* Y añade en la biografía numerosos detalles curiosos de la personalidad de Lope, por ejemplo que lo que más le desagradaba era «el tabaco [en humo]» —los puros, que fumaban los cocheros y también Quevedo, que murió de un cáncer de pulmón, como se deduce al referirse a su enfermedad— y que «le preguntaran la edad, como si quisieran casarse contigo» (f. 11v). Muchas obras dramáticas son las citadas, pero permitamos al amigo y discípulo la hiperbólica cifra. En *El arte nuevo de hacer comedias deste tiempo* (hacia 1609),[2] título paradójico porque el arte era inmutable desde Aristóteles («pero los tiempos cambian y mudan las costumbres»), afirma Lope su precocidad:

> El capitán Virués, insigne ingenio,
> puso en tres actos la comedia, que antes
> andaba en cuatro, como pies de niño,
> que eran entonces niñas las comedias;
> y yo las escribí, de once y doce años
> de a cuatro actos y de a cuatro pliegos,
> porque cada acto un pliego contenía.   (vv. 215-221)
> Tenga cada acto cuatro pliegos solos,
> que doce están medidos con el tiempo
> y la paciencia del que está escuchando.   (vv. 338-348)

> Mas ninguno de todos llamar puedo
> más bárbaro que yo, pues contra el arte
> me atrevo a dar preceptos, y me dejo
> llevar de la vulgar corriente adonde
> me llaman ignorante Italia y Francia.
> Pero ¿qué puedo hacer si tengo escritas,
> con una que he acabado esta semana,
> cuatrocientas y ochenta y tres comedias?
> Porque, fuera de seis, las demás todas
> pecaron contra el arte gravemente.

---

2. Cito por la preciosa edición de Felipe Pedraza del facsímil de las tres ediciones de *El arte nuevo* (1609, 1613 y 1621), Madrid, 2009.

Sustento en fin lo que escribí, y conozco
que, aunque fueran mejor de otra manera,
no tuvieran el gusto que han tenido,
porque a veces lo que es contra lo justo
por la misma razón deleita el gusto. (vv. 362-376)

Un autor de comedias, Roque de Figueroa, les pidió a Lope y Montalbán una comedia sobre san Francisco. Y comenta Montalbán: «Cupo a Lope la primera jornada y a mí la segunda, que escribimos en dos días y repartiose la tercera a ocho hojas cada uno. Y por hacer mal tiempo me quedé aquella noche en su casa. Viendo pues que yo no podía igualarle en el acierto, quise intentarlo en la diligencia, y para conseguirlo me levanté a las dos de la mañana y a las once acabé mi parte. Salí a buscarle y hallele en el jardín muy divertido ("entretenido") con un naranjo que se le helaba, y preguntado cómo le había ido de versos, me respondió: "A las cinco empecé a escribir, pero ya habrá una hora que acabé la jornada, almorcé un torrezno, escribí una carta en tercetos y regué todo el jardín, que no me ha cansado poco"» (f. 13r). La anécdota parece verdadera y demuestra la celeridad y colaboración de los dramaturgos de la época —hay numerosas compuestas por tres autores («tres ingenios desta Corte»)—, y, sobre todo, el amor que sentía Lope por su jardín. Una tempestad lo destruyó en 1633 y el poeta compuso una sentida elegía: *Huerto deshecho*.

En 1603 apareció en Lisboa una colección de textos dramáticos con el título de *Seis comedias de Lope de Vega y otros autores*. La división en seis corresponde a las ediciones de Terencio, que constaban de sus seis comedias. La referencia a Lope no es más que una estrategia de propaganda para la venta del libro, pues solo figura una comedia suya, *Carlos el perseguido*. Sin embargo, fue fértil para la creación de las *Partes* de comedias. Y, en efecto, un italiano, Tavanno, imprimió en Zaragoza en 1604 una colección de doce *Comedias del famoso poeta Lope de Vega Carpio*, la que con el tiempo acabó conociéndose como *Primera Parte de las comedias de Lope de Vega*. El editor, que utilizó manuscritos de «autores» («directores, empresarios») de comedias, pensó en un principio publicar seis comedias, después, con paginación distinta —otra vez desde el folio 1—, añadió otras seis. E inventó, sin quererlo, las *Partes* de comedias, que constan hasta mediados del siglo xviii de doce piezas. Solo Cervantes, que publica *Ocho co-*

medias y ocho entremeses nuevos en 1615, rompe el cómputo. Y en cambio, son doce, como las *Partes*, las *Novelas ejemplares*. En *El peregrino en su patria* (Sevilla, 1604) aludía Lope a esa publicación de Lisboa, que lo estimuló a publicar las *Partes*:[3]

Mas ¿quién teme tales enemigos? Ya para mí lo son los que con mi nombre imprimen ajenas obras. Ahora han salido algunas comedias que, impresas en Castilla, dicen que en Lisboa, y así quiero advertir a los que leen mis escritos con afición (que algunos hay, si no en mi patria, en Italia, Francia y en las Indias, donde no se atrevió a pasar la envidia) que no crean que aquellas son mis comedias, aunque tengan mi nombre, y para que las conozcan me ha parecido acertado poner aquí los suyos, así porque se conozcan como porque vean si se adquiere la opinión con el ocio y cómo el honesto trabajo sigue la fama, que no a la detractora envidia e infame murmuración, hija de la ignorancia y el vicio. [...] Con esto quedarán los aficionados advertidos, a quien también suplico lo estén de que las comedias que han andado en tantas lenguas, en tantas manos, en tantos papeles, no impresas de la mía, no deben ser culpadas de sus yerros, que algunas he visto que de ninguna manera las conozco. Y adviertan los extranjeros, de camino, que las comedias en España no guardan el arte y que yo las proseguí en el estado en que las hallé, sin atreverme a guardar los preceptos, porque con aquel rigor de ninguna manera fueran oídas de los españoles. Consideren juntamente los nobles, los doctos, los virtuosos, no los pavones, que Aristóteles llama *animalia invidia ornatus, ac politici studiosa,* que sin mirarse los pies extienden los ojos de Argos, que docientas y treinta comedias a doce pliegos y más, de escritura son cinco mil y ciento y sesenta hojas de versos que a no las haber visto públicamente todos, no me atreviera a escribirlo, sin muchas de que no me acuerdo y no poniendo las representaciones de actos divinos para diversas fiestas y un infinito número de versos a diferentes propósitos.[4]

Si en el siglo XVI, los «autores» son a la vez directores, autores y representantes (Lope de Rueda, Alonso de la Vega) —como lo serán Shakespea-

---

3. Véase el artículo de Luigi Giuliani, «El prólogo, el catálogo y sus lectores: una perspectiva de las listas de *El peregrino en su patria*», en *Lope en 1604*, ed. Xavier Tubau, Universitat Autònoma de Barcelona-Prolope-Milenio-Sociedad Estatal de Conmemoraciones Culturales, Lleida, 2004, pp. 123-136.

4. Ed. de Juan Bautista Avalle-Arce, Castalia, Madrid, 1973, pp. 57 y 63-64.

re o Molière, en escala sublime—, con los corrales de comedias (hacia 1574) se establecen compañías teatrales que compran las obras a escritores más o menos conocidos. Con ciertas condiciones, desde luego. El autor vendía el texto *autógrafo* al «autor», con la exigencia de que aquel no conservase copia, y lo guardaba en lugar secreto —una caja fuerte— para que nadie pudiese copiarlo. Los actores, en general, utilizaban manuscritos en los que solo estaban íntegros sus parlamentos y los finales de los otros actores, para ahorrarse la fatiga y el gasto de las copias completas de la obra.[5] A las representaciones, que no solían pasar de tres sesiones por obra, podían acudir los odiados «memorillas», tipos extraordinarios que eran capaces de memorizar la obra y venderla después, con numerosas alteraciones, a otros «autores», aunque los manuscritos conservados son, casi siempre, copias que habían vendido unos «autores» a los de su gremio, con numerosos cambios, porque llegan incluso a suprimir personajes por falta de actores.

Quisiera indicar un dato poco conocido y es que todos los autógrafos conservados carecen de puntuación, mientras que sus autores sí lo hacen cuando escriben en otros géneros.[6] Solo puede explicarse porque dejaban que el director o los propios actores se encargaran de la entonación. Creo, no estoy seguro, que se trata de un fenómeno privativo del teatro español. Con esos contratos perdían los creadores sus derechos de autor; Lope pleiteó con un editor de una *Parte* alegando que él había vendido sus comedias solo para ser representadas. Perdió el pleito.

Las *Partes* de comedias se siguieron publicando hasta bien entrado el siglo xviii, aunque ya en el xvii los editores publican sueltas la comedias que constituyen el volumen. Es práctica de forma generalizada en el siglo siguiente con extensas colecciones, cuyas sueltas iban numeradas. El teatro del Siglo de Oro se siguió, por consiguiente, leyendo con mayor comodidad y a menor coste. A finales del siglo xviii y principios del xix se pusie-

---

5. Véase el artículo de Stefano Arata y Debora Vaccari, «Manuscritos atípicos, papeles de actor y compañías del siglo xvi», *Rivista di Filologia e Letterature Ispaniche*, V (2002), pp. 25-68.

6. Véase Alberto Blecua, «Sobre la (no) puntuación en los textos dramáticos del Siglo de Oro», en *En buena compañía: estudios en honor de Luciano García Lorenzo*, coords. Joaquín Álvarez Barrientos, Óscar Cornago Bernal, Abraham Madroñal Durán y Carmen Menéndez-Onrubia, CSIC, Madrid, 2009, pp. 79-101.

ron de moda las *refundiciones*, muy numerosas, con arreglos sujetos a las normas neoclásicas. Y ya al mediar el siglo XIX, con la recuperación romántica del *teatro nacional* el interés por Lope crece y Hartzenbusch publica en 1853-1860 tres tomos de *Comedias escogidas*;[7] en 1859 don Cayetano Alberto de la Barrera ganó el premio de la RAE con un epistolario en el que Lope relata sus amores sacrílegos con Marta de Nevares,[8] y que los académicos no se atrevieron a publicar para mantener impoluta la memoria del autor. En 1860 la Real Academia Española decidió llevar a cabo la edición de Lope, proyecto que no se realizó por falta de medios económicos y porque era realmente dificultosísimo.

El escándalo que provocó ese amor sacrílego de Lope con Marta de Nevares y que dificultó el primer intento de impresión del epistolario de Lope, no impidió, en cambio, que Asenjo Barbieri, el célebre músico y filólogo, publicara esas cartas en 1876, con acrónimo,[9] tomándolas del original de La Barrera. Ni que más tarde Menéndez y Pelayo las incluyera, con adiciones, en esta *Nueva biografía* de La Barrera, acompañada del epistolario completo, en el vol. 1 de las *Obras* de Lope (14 vols., 1890-1912) de la RAE. Hermosa edición en la que la Academia quiso esmerarse.

Esta edición prosiguió, tras la muerte prematura del insigne polígrafo, con una *Nueva edición* en 13 vols. (1916-1930), llevada a cabo por Cotarelo y Mori y otros académicos. Y con todo, la publicación quedó incompleta. Ya acercándose el siglo XXI, cien años después de las fechas de estas actas,

---

7. En el tomo cuarto, incluye una amplia bibliografía, entre ella, la que le pasó manuscrita con gran generosidad, el hispanista Chorley. En 1856 se publica en la misma Biblioteca de Autores Españoles una selección de las *Obras sueltas* por Cayetano Rosell, tomadas, claro está, de la colección de Sancha.

8. En 1862 había aparecido un cuarto volumen de las cartas de Lope a *Lucilo*, el duque de Sessa, que su poseedor, el marqués de Pidal pasó a La Barrera. Se trata de uno de los ocho volúmenes —solo se conservan cuatro— del epistolario que ocupa los últimos años de Lope y donde se relatan con detalle aquellos amores sacrílegos con Marta de Nevares, que tanto escandalizaron a algunos académicos.

9. *Últimos amores de Lope de Vega y Carpio revelados por él mismo en cuarenta y ocho cartas inéditas*, Imprenta de José María Ducazcal, Madrid, 1876. Se trata de una cuidadísima edición de corta tirada, el «precio de cada ejemplar se fija en 15 pesetas, y el producto líquido de la venta se destina a hacer una obra de caridad y de justa reparación», según reza el colofón. El acrónimo de Francisco Asenjo Barbieri era José Ibero Ribas y Canfranc, como se transcribe en mi ejemplar, con tinta.

seguíamos sin disponer de una edición crítica, situación impensable en autores de la grandeza de Lope en otras literaturas. Y ahí llegamos nosotros, el grupo de investigación Prolope de la Universitat Autònoma de Barcelona, fundado precisamente en 1989. Ya hemos publicado más de un centenar largo de comedias, a las que hay que añadir la recién descubierta —auténtica sin ninguna duda— por nuestro gran lopista Alejandro García-Reidy. Mil gracias a Alejandro por el hallazgo, por querer editarla con Prolope, gracias a todos nuestros colaboradores por su ayuda en la inmensa tarea de editar a Lope y también a los medios de comunicación por toda la difusión que han dado a este magnífico hallazgo y a nuestra labor de edición; mil gracias, en fin, por esta *Nueva fama póstuma* de Lope, cuyas palabras y versos seguirán disfrutando fielmente quienes hoy, como hace cuatro siglos, llenan las salas de teatro y leen estas páginas sin poder escapar ante un ineludible reclamo: «¡Es de Lope!».

ALBERTO BLECUA
Director de PROLOPE

LOPE DE VEGA

Mujeres y criados

EDICIÓN DE ALEJANDRO GARCÍA-REIDY

(UNIVERSIDAD DE SIRACUSA, NUEVA YORK)

escríbeme una carta larga y maravillosa,
llámame por teléfono,
envíame una cinta con tu voz.

LUIS ALBERTO DE CUENCA

[...] porque de aquí a veinte años
ni los propios sabrán ni los extraños
si fue, cuando el concepto o verso espante,
primero el inventor que el trasladante.

LOPE DE VEGA

PRÓLOGO

Mujeres y criados es una comedia urbana de Lope de Vega escrita muy probablemente hacia 1613-1614 y estrenada por la compañía de Pedro de Valdés, cuyo único testimonio conocido es una copia manuscrita que se conserva en la Biblioteca Nacional de España bajo la signatura Ms. 16915.[1] El volumen que el lector tiene en sus manos supone la primera edición moderna y anotada de esta obra, pues el texto de *Mujeres y criados* había permanecido olvidado en la mencionada copia manuscrita y no se había identificado hasta ahora como obra del Fénix de los Ingenios. La frescura de su acción, el carácter fuerte e ingenioso de las dos hermanas protagonistas y la gracia que destilan numerosas escenas hacen de *Mujeres y criados* una comedia que puede incluirse sin ninguna dificultad en la lista de grandes obras salidas de la pluma de Lope. Con esta edición se recupera, por tanto, una deliciosa pieza que enriquece el patrimonio del teatro español de los siglos XVI y XVII.

La autoría lopesca de *Mujeres y criados* queda confirmada por el hecho de que este título figura en la lista de comedias que Lope incluyó en el prólogo de la segunda edición de *El peregrino en su patria*, publicada en 1618 (Vega 1973:62). Una serie de indicios textuales, como la estructura métrica de la comedia o la mención al seudónimo lopesco de «Belardo» (v. 2889) en los versos de despedida, así como el hecho de que fue Pedro de

1. Esta edición se ha beneficiado de mi participación en los proyectos financiados por el MINECO con las referencias CSD2009-00033, FFI2011-23549 y FFI2012-35950, así como en el proyecto *Manos Teatrales: An Experiment in Cyber-Paleography*, dirigido por Margaret R. Greer. Agradezco también enormemente al profesor Alberto Blecua por sus observaciones y correcciones a diversos aspectos de la presente edición.

Valdés quien copió el manuscrito preservado, constituyen los principales argumentos a favor de la identificación del texto conservado de *Mujeres y criados* con la comedia original de Lope. Para todos los pormenores acerca del descubrimiento de esta pieza y los detalles concretos de las pruebas a favor de la autoría de Lope de Vega, remito a mi artículo sobre la cuestión (García-Reidy 2013b).

La fecha *ante quem* de la obra viene determinada por una noticia datada el 21 de enero de 1615 que documenta la pertenencia de esta comedia al repertorio de la compañía de Pedro de Valdés (San Román 1935:200-202), aunque el análisis métrico del texto permite precisar la fecha de composición en torno a 1613-1614 a partir del método perfeccionado por Morley y Bruerton [1968]. Son años algo convulsos en la vida personal de Lope, pero productivos en su faceta literaria: en agosto de 1613 fallece su esposa Juana de Guardo y en la primavera de 1614 recibe órdenes sagradas, al mismo tiempo que se intensifica su relación con la actriz Jerónima de Burgos (Castro y Rennert 1968:202-211). En el plano literario se adentra Lope por primera vez en el mercado editorial con la publicación, en la primavera de 1614, de la *Parte IV* de sus comedias con la ayuda —y tras el nombre— de su amigo Gaspar de Porres (Giuliani 2002); en otoño de ese mismo año publica su poemario de cariz religioso *Rimas sacras*. Por supuesto, continúa con su fructífera composición de comedias: al bienio 1613-1614 pertenecen con casi total seguridad alrededor de una docena de obras dramáticas suyas conservadas (Morley y Bruerton 1968:596-597). *Mujeres y criados* pertenece, por tanto, a la madurez de Lope de Vega como dramaturgo: en el momento de componerla cuenta con treinta años de experiencia escribiendo para los escenarios, ha publicado su *Arte nuevo de hacer comedias* y todavía no se asoman por el horizonte otros escritores que rivalicen en éxito e influencia con su pluma cómica.

Mujeres y criados responde, en su configuración dramática, a las coordenadas propias de la comedia urbana, un género con una presencia muy significativa en estos años de la producción del Fénix. Como señala Oleza [1997:xxii], en la etapa del teatro de Lope inmediatamente anterior a 1613 «la comandancia del frente cómico ha pasado a ser desempeñada casi en exclusiva por el subgénero urbano, en buena medida reconocible ya como "de capa y espada"». La importancia de este subgénero se mantuvo a lo largo de la década de 1610 y a esos años pertenece más de una veintena de obras articuladas completa o parcialmente como comedias urbanas,[2] a las que cabe sumar ahora *Mujeres y criados*. Los rasgos y convenciones generales de este subgénero teatral barroco han sido muy bien trazados en trabajos de investigadores como Weber de Kurlat [1976a], Wardropper [1978], Vitse [1990] y Arellano [1999], a los que hay que sumar las investigaciones que han abordado su desarrollo dentro del marco concreto de la producción de Lope de Vega, como las de Wardropper [1974], Weber de Kurlat [1976b y 1977], Oleza [1986, 1990, 1997 y 2004], Arellano [1996] y Gavela García [2008:91-121]. Así, los personajes principales de *Mujeres y criados* pertenecen a un universo social compuesto por la caballería media (Florencio y sus hijas Luciana y Violante), secretarios y camareros de la nobleza (Claridán y Teodoro), miembros de la baja o media nobleza (Emiliano y su hijo don Pedro; el conde Próspero) y lacayos o criados rasos (Lope, Inés y Martes); la acción se centra en torno al tema del amor y del ingenio que requieren los protagonistas para conseguirlo; la localización geográfica se sitúa en una de las grandes ciudades de la España de la época (Madrid, en este caso), y los eventos tienen lugar en una vaga ambientación contemporánea que no requiere de mayores precisiones cronológicas.

EL TRIUNFO DEL AMOR LÚDICO

A nivel estructural, *Mujeres y criados* muestra claramente que nos encontramos ante una obra de madurez, con un Lope curtido en las posibilidades de la comedia urbana y que desarrolla una trama bien articulada en todos sus componentes. La acción se organiza en torno a dos triángulos amorosos principales, formados por Luciana-Teodoro-Próspero y por Violante-Claridán-don Pedro, y por uno secundario protagonizado por los

---

2. Comedias que con seguridad pertenecen a esta década y responden al subgénero de la comedia urbana son *La cortesía de España*, *La malcasada*, *La niña de plata*, *Servir a señor discreto*, *La venganza venturosa*, *La villana de Getafe*, *Virtud, pobreza y mujer*, *Las flores de Don Juan y rico y pobre trocados*, *El abanillo*, *La burgalesa de Lerma*, *La dama boba*, *El desconfiado*, *Los ramilletes de Madrid*, *Santiago el Verde*, *Al pasar del arroyo*, *La portuguesa y dicha del forastero*, *El sembrar en buena tierra*, *¿De cuándo acá nos vino?*, *De cosario a cosario*, *Lo que pasa en una tarde*, *Quien todo lo quiere*, *El amigo hasta la muerte*, *El desdén vengado* y *Los enemigos en casa* (Oleza *et al.* 2012).

criados Inés-Lope-Martes. Este elenco se completa con la figura de Florencio, padre de las damas, y responde a la tipología y correspondencias equilibradas propias de la comedia nueva (José Prades 1963). Los dos tríos protagonistas plantean un mismo conflicto (una dama es cortejada por un galán con el que quiere casarse y por un galán al que rechaza) y se encaminan hacia el mismo objetivo (cada mujer desea desembarazarse del hombre rechazado y casarse con el que ama), aunque cada caso se irá resolviendo de manera ligeramente diferente. Cada hermana seguirá su método para oponerse al pretendiente al que no desea: Luciana burlará los intentos del Conde por seducirla mediante un astuto engaño, mientras que Violante resistirá los continuos requiebros de don Pedro rechazándolo una y otra vez con firmeza y humor. De esta manera, Lope plantea una casuística similar, pero con dos desarrollos diferentes —siguiendo la estética de la *varietas*— que transcurren de manera paralela a lo largo de la comedia y que se entremezclan para urdir un eficaz y entretenido enredo amoroso. La comedia desarrolla, pues, una trama en la más pura tradición del *omnia vincit amor*: dos hermanas, enamoradas de sendos galanes que sirven a un señor, tienen que hacer frente a otros dos pretendientes que disponen de mayor nobleza y riqueza que los hombres a los que aman.

Mujeres y criados responde, por tanto, a la configuración prototípica de la comedia urbana desde el punto de vista temático e ideológico, tal y como resume Wardropper [1978:221]: «Normalmente la comedia urbana española nos muestra el triunfo de las mujeres sobre los hombres. Las damiselas burlan a sus guardianes y a sus pretendientes no deseados, manipulando sucesos y personas hasta garantizar que no han de casarse con nadie que no sea el joven del que están enamoradas. En el escenario se conducen de forma contraria a las convenciones —y a la moral, a veces— para lograr sus propósitos». Como en otras comedias urbanas barrocas, el protagonismo de la acción recae en las mujeres, que se erigen en los agentes activos en la búsqueda del deseo y vencen las imposiciones sociales, encarnadas usualmente —como es el caso, con matices, en *Mujeres y criados*— en la figura paterna (Hesse 1980:30-33). De ahí el carácter paradójico de la comedia urbana, que es un espacio dramático donde se suspenden varias de las convenciones sociales que afectaban especialmente a las mujeres y las dota de una libertad que no se corresponde con la realidad de la época ni con el ideal de comportamiento femenino propagado por moralistas, pero al mismo tiempo pone de manifiesto implícitamente la distancia existente entre la ficción teatral y la realidad social del siglo xvii. La libertad femenina que se muestra ante los ojos del espectador durante el desarrollo de la comedia se reintegra necesariamente en el matrimonio final que cierra la obra.

La subversión de las convenciones socialmente establecidas se refleja en el papel secundario que ocupa una concepción tradicional del honor, sobre todo frente al amor y el carácter lúdico que despliega en *Mujeres y criados*. No hay aquí casos de deslices amorosos que lleven a una dama a una potencial situación de deshonor, como en *El acero de Madrid*, ni tampoco el padre de las dos hermanas responde al modelo del celoso guardián del honor familiar característico de otras comedias urbanas. De hecho, *Mujeres y criados* muestra un rasgo más característico de la comedia urbana del primer Lope que de la configuración prototípica del subgénero: la mínima preocupación por la honra que presentan los personajes (Arellano 1996:46). Incluso el personaje de Florencio, *a priori* el encargado de velar por el honor familiar y el de sus hijas, no muestra apenas preocupación por el mismo: acepta sin problemas que un hombre desconocido vaya a vivir en casa con sus hijas durante varios días («Escondeos vosotras si esto os cansa» —v. 1445— les dice cuando ellas fingen recelar de la presencia de un hombre en su hogar), justifica galanteos y pendencias amorosas como cosas propias de los jóvenes («eso pasó por mí / en mi mocedad también», vv. 1502-1503), anima a Teodoro a salir por la noche para enfrentarse a sus ficticios asaltantes (vv. 1504-1509) e incluso se ofrece alegremente a dar consejos a Teodoro para engañar al padre de la dama a la que desea, sin darse cuenta de que se está refiriendo en realidad a sí mismo:

TEODORO   Mas mientras dura esta fama,
                con vos tomaré consejo
                para engañar cierto viejo
                que es padre de aquesta dama,
                    que con esto podré vella
                y ha de venir a ser mía.
FLORENCIO   Quien ama con osadía
                no tema contraria estrella.
                Yo os diré cosas notables
                con que a ese padre engañéis.   (vv. 1516-1525)

Apuntado solo por el juego de escalafones sociales entre criados y señor, el honor queda casi reducido a servir como argumento a favor de que Claridán y Teodoro engañen a su señor y traicionen la confianza que tiene depositada en ellos, pues si Teodoro ha estado galanteando a Luciana durante seis años con la intención de casarse con ella, el Conde tan solo siente un deseo lujurioso que desea satisfacer sin intención de validarlo socialmente a través del matrimonio:

TEODORO	Sí, ¿pero puede ofender
	eso a la fidelidad,
	correspondencia y verdad
	que al dueño se ha de tener?
CLARIDÁN	No, Teodoro, pues primero
	fuiste que el Conde en querella
	y es tu amor para con ella
	ligítimo y verdadero;
	que, en fin, será tu mujer
	y él su deshonra pretende,
	y ansí tu amor la defiende
	de quien la quiere ofender.

(vv. 939-950)

Más aún, una visión convencional del honor aparece intermitentemente en diversos momentos de la obra, pero queda rápidamente desactivada y lejos de cualquier interpretación seria: como ya destacó Arellano [1990], no podemos olvidar que nos movemos dentro del universo jocoso de la comedia. El carácter desenfadado de la obra hace que las relaciones triangulares no presenten una tensión subyacente significativa y estamos muy lejos de ciertas interpretaciones serias de las comedias urbanas, como ejemplifica, por ejemplo, el estudio de Andrist [1989]. Ni siquiera se hace uso en *Mujeres y criados* de escenas de pendencias, más asociadas a la comedia urbana calderoniana, y las situaciones que podrían dar pie a ellas se desactivan rápidamente. Por ejemplo, cuando don Pedro aguarda en una habitación a que el padre de Violante hable con ella para proponerle que se case con él, descubre que hay en la casa otro galán, Claridán, quien se había ocultado en la misma estancia al oír llegar a gente. Aunque una intervención posterior de don Pedro apunta a un posible enfrentamiento entre los dos hombres («otro novio también hallé escondido / que —la mano en la daga—

me miraba», vv. 1267-1269), la situación no pasa a mayores y don Pedro tan solo se referirá a esto cuando hable a Violante para echarle en cara que tenga otros pretendientes en la casa.

Solo al final de la comedia, cuando se descubre la verdad de todo lo que ha estado aconteciendo en el interior de la casa de Violante y Luciana, y la auténtica identidad del falso don Pedro/Teodoro, emerge la posibilidad de un final sangriento con la reacción airada tanto del conde Próspero como de Florencio y, en menor medida, del auténtico don Pedro, quienes aparentan estar dispuestos a vengar con la espada lo que consideran una afrenta por los engaños a los que se han visto sometidos (vv. 2819-2852). Mas Emiliano, el amigo de Florencio y padre del pretendiente rechazado don Pedro, reconduce las aguas a sus cauces y, con su actitud pragmática y realista, calma los nervios y certifica que los matrimonios de Luciana y Violante no constituyen ningún tipo de afrenta para el honor familiar. La escena cumple su función —como buen efecto dramático— de incrementar la tensión inmediatamente antes de que tenga lugar el desenlace feliz definitivo, actuando así de último contrapunto al cierre de la comedia con las tres bodas: Luciana con Teodoro, Violante con Claridán e Inés con Lope.

MUJERES, GALANES Y PRETENDIENTES RECHAZADOS

Los dos triángulos amorosos principales comparten una característica sobre la que incide Lope en el título de la obra: la alianza que se forma entre dos grupos que se caracterizan por una menor consideración social, en cuanto mujeres —subordinadas a los hombres— o criados —subordinados a sus señores—. En esta comedia Lope subvierte el esquema social admitido en la época y hace que mujeres y criados se confabulen contra los otros pretendientes, teóricamente mejor situados socialmente y más beneficiosos como potenciales maridos, y terminen por triunfar sobre ellos. Las dobles bodas finales marcan el éxito del mérito amoroso frente a los miembros de la clase social más elevada. Las inversiones y manipulaciones a que la comedia podía someter la realidad de su entorno permiten presentar como triunfantes a personajes que, bien por su condición sexual, bien por su condición social, podían no serlo tanto en la España del siglo XVII.

Por un lado, Claridán y Teodoro sirven al conde Próspero en su casa, aunque no son meros criados, sino que desempeñan oficios importantes como parte del servicio de la casa de un noble: Claridán es camarero y Teodoro es secretario. El puesto de camarero siempre era ocupado por un criado de confianza, dado que sus cometidos principales eran el de vestir a su señor y acompañarlo allá donde fuera para servirle en todo lo que necesitara. El que Teodoro sea secretario del conde Próspero vincula *Mujeres y criados* con un conjunto de obras del Fénix en las que un personaje de esta condición social desempeña un papel relevante, y que Weber de Kurlat [1975:342] denominó «comedias de secretario». Aunque una mayoría de este tipo de comedias desarrolla el motivo del amor de una mujer de rango superior hacia un secretario y se enmarcan en el subgénero palatino [Sage 1973; Hernández Valcárcel 1993; Cattaneo 2003], en el caso de *Mujeres y criados* Lope optó por utilizar a un personaje de estas características en una comedia urbana, de forma similar a como también hizo por esos años en *Servir a señor discreto* (donde el personaje de don Pedro trabaja como secretario de un conde durante el tercer acto). En concreto, la condición de secretario de Teodoro y la confianza que se asocia con este cargo dentro de la estructura de las casas nobiliarias permite que se ponga en funcionamiento la cadena de sucesos que inicia el enredo central de la comedia (el intento del Conde de enviar a su secretario con una carta para deshacerse de él durante una temporada), como sucede en otras comedias de este tipo (Río Parra 2002). La elección del nombre de Teodoro para el personaje del secretario establece asimismo una clara conexión con *El perro del hortelano*, compuesta por la misma época que *Mujeres y criados*: en ambos casos el secretario triunfará en el amor por encima de un contrincante más noble que él.

En el caso del triángulo Luciana-Teodoro-Próspero, el hecho de que los dos galanes estén vinculados entre sí por una relación directa de criado y señor y que compitan por el amor de la misma mujer fue aprovechado por Lope en otras obras suyas, con frecuencia haciendo que fuese el mismo rey quien competía por el amor de una dama a la que cortejaba al mismo tiempo un miembro de su casa (Weber de Kurlat 1975; Oleza 2005). En el caso de *Mujeres y criados*, el género de la comedia urbana y la convención de que esté protagonizada por personajes que no pertenecen al ámbito cortesano más cercano al poder lleva a que sean un conde y su secretario quienes compitan por el amor de la misma mujer.

Aunque al final de la obra Emiliano se refiera a Claridán y Teodoro como «dos hidalgos muy nobles» (v. 2856), cuyos matrimonios con Violante y Luciana no deslucen en absoluto el buen nombre de Florencio, la diferencia social entre unos pretendientes amorosos y otros funciona como un componente fundamental de la acción.[3] Por un lado, porque la relación de señor-criado que existe entre Próspero y Teodoro tiene consecuencias directas en el desarrollo de la trama. Por ejemplo, Próspero se aprovecha de su posición para intentar deshacerse de su rival amoroso enviándolo a ver a su primo con una carta en la que se le pide que se le mantenga alejado de Madrid durante seis meses. Esto será lo que desencadene la idea de Luciana de engañar al Conde y a su padre logrando que Teodoro se quede en su propia casa. Por otro lado, porque añade un atractivo componente de ruptura de las convenciones sociales al hacer Lope que los criados triunfen en sus galanteos sobre su señor, una inversión casi carnavalesca que aparece en otras comedias de la época.[4]

En el lado de los antagonistas masculinos, Próspero es un conde, mientras que don Pedro es de buena familia y, sobre todo, adinerado. De ahí que Florencio, aunque minimice este hecho, no pueda dejar de mencionar

---

3. Esta alusión a Claridán y Teodoro como «dos hidalgos muy nobles» puede tomarse al pie de la letra, pues Lope se refiere a Claridán en una ocasión como «hidalgo, noble y galán» (v. 2237) y en la comedia de *Servir a señor discreto* el protagonista, el hidalgo don Pedro, entra a servir al conde de Palma. En todo caso, esta referencia final sirve para dignificar a los dos galanes en el momento de concertar sus bodas con las damas en el cierre de la comedia, para así mantener el decoro social y hacer más verosímil la elección de las dos mujeres; al mismo tiempo, sirve para establecer una distancia —implícita hasta el momento— entre Claridán y Teodoro como criados más elevados dentro de la casa del conde Próspero en su condición de camarero y secretario respectivamente, frente, por ejemplo, a los lacayos Martes, Lope e Inés, situados en un escalafón inferior del universo social de los criados en la obra.

4. Además, la condición de criados de Claridán y Teodoro contribuye al ambiente lúdico que rige la comedia por cuanto también ellos funcionan como agentes cómicos en diversos momentos de la acción, en la estela de lo apuntado por Arellano [1994] en otras comedias urbanas. Claridán, por ejemplo, tiene toques de criado socarrón en la primera escena de la comedia: hace comentarios burlescos a las observaciones de su señor, ilustra sus opiniones con un cuentecillo cómico —rasgo típico en Lope (Hernández Valcárcel 1992:133-137)— sobre la educación de un rey y no duda en referirse a sí mismo como «truhan / que come en pie y duerme en pie» (vv. 72-73).

la ventaja económica que supondría el matrimonio de su hija Violante con este galán: «El hombre que os propuse es gentilhombre; / rico, aunque yo en esto no reparo» (vv. 1247-1248). Las palabras de Florencio parecen aproximarse a la actitud caballeresca y aristocrática de menosprecio del dinero que Vitse [1990:462-476] vio en varias comedias urbanas del siglo XVII, aunque en realidad el dinero emerge como un elemento presente en el conflicto amoroso, ya sea como potencial corruptor del amor sincero, ya sea como blasón de nuevo cuño con el que se intenta lograr un casamiento. En este sentido, *Mujeres y criados* continúa con la importancia que el dinero presenta para muchos personajes en las comedias urbanas de la primera etapa de producción de Lope (Arellano 1996:54). El padre de don Pedro llegará incluso a presumir de su riqueza y de la nobleza de su sangre cuando el conde Próspero lo proteja pensando que está haciéndole un favor a Luciana (vv. 1997-2007), y Teodoro expresará en diversas ocasiones su temor a que el oro del Conde consiga corromper a Luciana, como puede verse en el siguiente parlamento:

TEODORO   Celoso del Conde estoy
                         porque ha más de quince días
                     que mira lo que yo adoro
                     y los asaltos del oro
                     son temerarias porfías.
                         No tengo por hombre cuerdo
                     quien del oro no se guarda:
                     no hay petardo, no hay bombarda,
                     ni de istrumento me acuerdo
                         que más brevemente rompa
                     la puerta a la voluntad,
                     ni la casta honestidad
                     más fácilmente corrompa.   (vv. 124-136)

Don Pedro y el conde Próspero, por su condición de pretendientes no deseados por las dos hermanas, acabarán la comedia desparejados, en la estela de la figura del galán suelto descrita por Serralta [1988a] y que tan bien aprovechará la comedia de enredo en décadas posteriores del siglo XVII. Los dos personajes encajan también con varias características del ciertos arquetipos del galán suelto estudiados por Couderc [2006:254-256]. Por un lado, el conde Próspero es un noble que desea a una dama de condición social inferior, a la que quiere seducir pero con la que no tiene intención de casarse, por lo que actúa movido por un deseo ilegítimo desde el punto de vista de las convenciones sociales. Por otro lado, don Pedro es un pretendiente propuesto a Violante por su padre, quien ve en él una serie de ventajas (de prestigio social y económico) que hacen que apoye sus pretensiones amorosas. Con todo, hay que destacar que don Pedro no es un galán impuesto, puesto que Florencio, aunque apoya la intención del joven de casarse con Violante, afirma que antes de dar su bendición a este matrimonio necesita saber el parecer de su hija: «Yo, puesto que soy padre, Emiliano, / y he de ganar en cambio semejante, / no puedo dar el sí, palabra y mano / hasta saber el gusto de Violante» (vv. 475-478). Con todo, ni el conde Próspero ni don Pedro serán rivales para las dos hermanas, decididas como se muestran a preservar a los hombres a los que realmente quieren.

EL DOMINIO FEMENINO DEL ENREDO

Las dos protagonistas indiscutibles de *Mujeres y criados* son Luciana y su hermana Violante. Ellas son no solo el objeto de deseo de los diferentes galanes que intervienen en la acción, sino las auténticas artífices del enredo y quienes cargan sobre sus espaldas la responsabilidad de solventar el conflicto que emerge cuando se ven asediadas por dos pretendientes a los que no desean. Como señala Wardropper [1978:221], el papel activo de las mujeres en la comedia urbana barroca es prácticamente consustancial al subgénero: «la mujer es capaz de tomar la iniciativa en el galanteo, contrariamente a lo establecido». Esta actitud pone en marcha un juego de engaños orquestados principalmente por Luciana, y es que el ingenio, la astucia y los ardides son los instrumentos de los que se valen las mujeres para engañar y aventajar a quienes representan las limitaciones sociales, usualmente encarnados en la figura del padre, y poner así en marcha el enredo característico de la comedia barroca española (Serralta 1988b:128). Como señala Arellano [2011:158], «ingenio y amor son, en la comedia de capa y espada, dos caras de la misma moneda. El cumplimiento del amor es el objetivo; el ingenio es la estrategia que podrá conducir al éxito. Desde el punto de vista

de la recepción, la esencia del género es el despliegue ingenioso de los tracistas que mantiene la intriga y la diversión del público».

Precisamente en la estela de las damas tracistas,[5] Violante y Luciana
recurren a su ingenio para salir airosas de las situaciones en las que se ven
envueltas con los pretendientes no deseados, burlándose de ellos en más
de una ocasión. Luciana se gana incluso el apelativo de maestra en «el
arte de engañar» (v. 1163) por parte de Teodoro en un elogioso soneto, al
ser ella quien discurre y maneja la traza mediante la cual el secretario es
abiertamente recibido y alojado en casa de su dama. Siguiendo la tipología
propuesta por Roso Díaz [2002:12-16], encontramos en *Mujeres y criados*
una variedad de tipos de engaños presentes en el teatro de Lope de Vega,
casi todos ellos motivados por las acciones de las dos hermanas: el fingi-
miento de enfermedades, disimulos, engaños infructuosos, la mudanza de
la identidad y malentendidos. Desde la primera aparición en escena de Luciana y Violante, las encontramos haciendo uso del engaño para conseguir
sus intereses. Así, fingen ante su padre que toman el acero por la mañana
siguiendo las indicaciones del médico para preservar su salud (vv. 428-
433), siendo dicho acero un medicamento consistente en agua ferruginosa
que se consideraba el remedio a la opilación, una enfermedad semejante a
la anemia. En realidad, cuando su padre abandona la sala de la casa al ser
llamado por la criada Inés, las damas aprovechan la ocasión para darle los
vasos con el acero a Lope y decirle que arroje su contenido a la calle
(vv. 417-424). Las dos hermanas participan así en la tradición literaria de
las falsas opiladas, estudiada por Arata [2000:30-35]: fingen tomar el acero
porque el tratamiento requería que se saliera inmediatamente a pasear durante una hora o dos para ayudar a la eficacia del medicamento, de modo
que sirve como excusa para que Luciana y Violante puedan salir de casa e
ir al campo a encontrarse ahí con sus galanes.

Al final del primer acto pertenece el segundo engaño que llevan a cabo
las dos hermanas, cuando el Conde las sorprende hablando con sus galanes
en el campo. Para evitar que Próspero sospeche que Luciana y Teodoro
están enamorados, Violante se inventa rápidamente una excusa y finge
que el encuentro entre las dos parejas ha sido prácticamente fruto de la ca-

---

5. Sobre el personaje de la drama tracista, véanse las aportaciones hechas por Oleza
[1994] y Arellano [1994:108-128].

sualidad y que Claridán se estaba ofreciendo a preparar un almuerzo para las damas. A través de este disimulo se intenta superar el conflicto que supone la aparición inesperada del Conde, aunque este no se crea lo dicho por Violante y opte por esconderse entre los árboles para poder escuchar lo que hablan Luciana y Teodoro cuando piensan que están a solas.

Al cerciorarse Próspero de que Teodoro galantea a Luciana, ingenia un engaño con el que intenta deshacerse de su secretario y así tener libre acceso a la dama a la que desea. El Conde recurre al tópico de la carta cuyo contenido perjudica al mensajero, en este caso enviando a Teodoro en calidad de secretario suyo a visitar a su sobrino —aparentemente enfermo— y llevarle una carta, en la que en realidad le pide que retenga a su secretario seis o siete meses en su casa. Ahora bien, este es un engaño frustrado, puesto que Luciana convence a Teodoro de que abra la carta y la lea, con lo que descubren cuáles son las verdaderas intenciones del Conde. Es precisamente esta treta infructuosa lo que motiva que Luciana idee y ponga en marcha el engaño principal del enredo, con el que busca un doble objetivo: que los amantes puedan disfrutar de su mutua compañía y hacer creer al Conde que su competidor ha quedado fuera de la escena. El motivo del galán que accede subrepticiamente a la casa de la dama, ligado con el de la suplantación de identidad, está fuertemente vinculado a la comedia urbana barroca bajo múltiples concreciones, y Lope recurrió a él en varias de sus obras a lo largo de toda su producción dramática (Weber de Kurlat 1976a; 1981:51). En el caso de *Mujeres y criados*, Luciana pide al conde Próspero que intervenga para que el supuesto hermano de una amiga, que busca asilo tras haber herido a un contrincante amoroso, sea acogido en casa de su padre. El hecho de que sea el propio Florencio quien acepte abiertamente —aunque bajo engaño— acoger en su casa al que es en realidad el galán de una de sus hijas constituye el elemento diferenciador y característico de esta utilización del motivo del galán que accede a la casa de la dama. Florencio regalará al joven, pensando que así hace un favor al conde Próspero, y compartirá con él mesa y mantel.

Este enredo y la adopción por parte de Teodoro de la falsa identidad de un tal don Pedro permite que se desarrolle una divertida escena de malentendidos entre el auténtico don Pedro, pretendiente de Violante, y Próspero, cuando ambos coinciden en casa de las damas y se establece un diálogo entre los dos (vv. 1681-1825). Mientras que el Conde le pregunta por el su-

puesto lance nocturno y las heridas causadas que han motivado que tenga
que esconderse, don Pedro interpreta las preguntas como metáforas sobre
los desdenes de Violante y los sufrimientos de la pasión amorosa. El equí-
voco, perfectamente aprovechado por Lope para provocar la risa del espectador, se remata tras marcharse el Conde y preguntarle Luciana a don Pedro por su opinión respecto de Próspero, a lo que aquel responde criticando
el entendimiento del noble:

DON PEDRO   Aficionado le quedo,
                   pero no mucho me agrada
                   su entendimiento.
LUCIANA   ¿Por qué?
DON PEDRO   Porque en metáforas habla.
                   No sé qué dice de heridas,
                   presos, justicias, espadas,
                   esconderse, retraídos
                   y otras cosas a esta traza.
LUCIANA   Son usos nuevos de corte.   (vv. 1839-1847)

    Si Luciana es maestra del engaño, Violante lo es de la palabra, como
muestra en sus enfrentamientos dialécticos con don Pedro. El primer
ejemplo de la capacidad ingeniosa y burlona de esta dama lo encontramos
cuando su padre le propone que se case con don Pedro. Violante le pide
poder hablar con el galán en privado para examinarlo con atención y ver si
se ajusta a su gusto, aunque en realidad pretende desanimarlo de proseguir
en sus intentos por conseguir su mano (vv. 1279-1343). El interrogatorio
que Violante lleva a cabo se inspira en el motivo cómico del examen de
maridos, mientras que don Pedro, siguiendo la chanza, se tomará estas
preguntas como si de una prueba gremial se tratase para conseguir plaza
de oficial en matrimonio («requiere esamen riguroso / el que llega a oficial de
casamiento», vv. 1281-1282). El carácter cómico de este pasaje queda su-
brayado por la animalización que supone el que Violante compare al galán
con un caballo (vv. 1259-1263) que debe inspeccionar antes de decidir si
quedarse con él, chiste que provocaría la risa del espectador y le anunciaría
el tono humorístico de la conversación inmediatamente posterior. Este
examen de maridos se presenta además como la valoración de un producto
por el que puede o no estar interesada Violante. Nos encontramos aquí

ante una visión comercializada del matrimonio, concebido como un intercambio mercantil cuyo constituyente masculino es visto por Violante como mero bien de consumo («¿no es más justo / que las mujeres lo que compran vean?» pregunta Violante en los vv. 1262-1263). La dama justifica ante su padre su pretensión de examinar a don Pedro alegando que necesita comprobar si es un buen producto. Al examinar al pretendiente con una mirada consumidora, Violante podrá reducirlo fácilmente a un estereotipo burlesco del que reírse: la de un modelo tipificado de galán cortesano y vanidoso que sigue las modas y vicios del momento. Así, Violante le pregunta si se interesa por la nueva ciencia de la esgrima; si se engalana con cadenas, manteo de color y calzas estrechas; si es impertinente y se mete en asuntos que no son de su incumbencia; si habla con un estilo llano o si habla de manera afectada; si no sabe comportarse en público hablando cuando no debe o gritando, y si se muestra presuntuoso en cuestiones de sangre afirmando descender de godos o griegos. Don Pedro intenta responder a esta imagen, claramente dirigida a menospreciarlo, con su propio listado de preguntas dirigidas a Violante, en las que condensa igualmente una imagen estereotipada de la dama cortesana, pero su habilidad retórica no está a la misma altura que la agudeza de Violante y es ella quien termina teniendo la última palabra.

El segundo pasaje donde esta hermana muestra que controla, por medio de la palabra, los intentos de don Pedro por seducirla tiene lugar en el tercer acto (vv. 2015-2230). Cuando este pretendiente argumenta que la perseverancia merece amor, Violante le replica que es mejor que se desenamore de ella, puesto que no lo quiere, y le ofrece tres lecciones para que pueda olvidarla: no pensar en ella, no verla y buscar a otra mujer a la que amar. Si bien las palabras de Violante hacen uso del tópico clásico de los remedios de amor, el tono burlón que puede detectarse en este diálogo sin duda permitiría a la actriz que encarnara a este personaje brillar durante su ejecución. Ante los contraargumentos que presenta don Pedro, la dama responde con un seco «Pues, señor, Dios le socorra, / que no hallo más en mis libros» (vv. 2216-2217) y don Pedro no puede más que admitir la imposibilidad de vencer a Violante en un duelo dialéctico, para su desgracia («Vuestro entendimiento forja / remedios que me destruyen», vv. 2218-2219).

LOS CRIADOS Y EL HUMOR

El mundo de los criados al que pertenecen Inés, Lope y Martes se articula a través de su propio triángulo amoroso, que remeda burlonamente y de manera mucho menos intricada los conflictos sentimentales de sus señores. Así, Inés y Lope son dos criados que sirven en la casa de Florencio, mientras que Martes es un lacayo de la casa del conde Próspero que acompaña a Claridán en sus encuentros amorosos. Inés está enamorada de Lope, aunque le da celos con Martes, como se queja el criado al final del primer acto:

LOPE   De Inés se ha vuelto semana,
                  que tiene el martes aquí.
                    No puede esperar buen pago
                  de este amor una mujer,
                  pues que se deja querer
                  de un Martes, que es hombre aciago.   (vv. 609-614)

Mas frente al caso de las dobles parejas protagonistas, no hay en el mundo de los criados un conflicto amoroso serio, dado que Martes no galantea realmente a Inés y esta tan solo da celos a Lope para mantenerlo interesado en ella («Aunque es verdad / que le doy celos con Martes, / todas son fingidas artes / para cazar voluntad», vv. 2319-2322). En este sentido, este triángulo amoroso es un pálido reflejo de lo que sucede en el mundo de los señores y sus funciones dramáticas son la de establecer un vínculo entre los personajes secundarios y dinamizar mínimamente sus escenas, sin que cumplan una función relevante en la acción principal.

De estos tres personajes, Martes es quien presenta una caracterización más típica del gracioso lopesco, tal y como ha sido descrito en trabajos de Arjona [1939], Montesinos [1969], Lázaro Carreter [1987] y Gómez [2006]. Con todo, no es un mero acompañante de un amo galán y aristocrático: como Tristán en *El perro del hortelano*, es compañero de un secretario (Teodoro) que sirve en la misma casa nobiliaria que él (la del conde Próspero). Se trata de un detalle menor, pero que ilustra las variaciones que puede adquirir el personaje del gracioso y que conecta estas dos obras tan cercanas en el tiempo. Frente a la importantísima implicación de Tristán en la trama de la mencionada comedia palatina (Torres 1999), Martes no ocupa un papel determinante en el devenir de la acción (de ahí, por ejemplo, que no intervenga en absoluto en el segundo acto), sino que cumple con el cometido de ser el principal agente cómico de la comedia. Su mismo nombre chistoso apunta a esta función y tanto él como otros personajes basarán varias bromas en este hecho, vinculándolo al Martes de Carnaval o, por oposición jocosa, a Marte, dios de la guerra. La mala suerte asociada popularmente con el martes en cuanto día de la semana también da pie a varios chistes, como cuando Lope se queja a Inés de que le dé celos con ese lacayo:

LOPE   No puede esperar buen pago
           de este amor una mujer,
           pues que se deja querer
           de un Martes, que es hombre aciago;
               y si en tal día casarse
           es negocio tan crüel,
           de quien se casa con él,
           ¿qué dicha puede esperarse?   (vv. 611-618)

Martes es caracterizado por su cobardía, que él mismo hace explícita en un aparte cuando Claridán le pide que vigile las calles mientras él habla a su dama Violante:

MARTES   (Y yo de miedo me anego,
           que es aquesta calle yerma
               y, en habiendo cuchilladas,
           no hay barbero ni varal;
           que en todo este lienzo igual
           están las puertas cerradas
               y es gran cosa en las pendencias
           la horquilla de las bacías.)   (vv. 167-174)

Por supuesto, en cuanto ve llegar a alguien embozado (quien no es más que el conde Próspero) tiene un ataque de pánico y huye. Ello no le impide que, a la mañana siguiente, mientras Martes aguarda en el campo la llegada de Violante y Luciana junto con Claridán y Teodoro, muestre su lado más fanfarrón al ofrecer una relación jocosa (vv. 515-567) de su presunta valentía durante los eventos de la noche anterior, cuando supuestamente se habría enfrentado en solitario a diez, once, trece o diecinueve contrincantes, a los que hizo huir para proteger a Claridán, todo ello a costa tan solo de una herida que inmediatamente le sanó un ensalmador. La misma falsa valentía se la arrogará cuando se compare con Lope para ganarse a Inés (vv. 2403-2411).

Lope, el otro lacayo que compite por el amor de Inés, participa igualmente de la comicidad que caracteriza el mundo de los graciosos: hace comentarios irónicos cuando Florencio, su señor, lo despierta al alba, aludiendo a su condición de viejo (vv. 360-374); interpreta jocosamente con Inés un sueño que tuvo sobre toros (vv. 392-399) y, cuando rivaliza con Martes por la atención amorosa de Inés, no duda en ofrecer un retrato chistoso de sí mismo que lo emparenta con la mejor tradición de los graciosos, tanto por su ingenio lingüístico como por su alusión a su gusto por la bebida y la comida (ya mencionada indirectamente en el v. 391):

LOPE   Soy por estremo gallardo;
                 el sombrerito en los ojos,
                 sirviéndole [de] puntales
                 los bigotes criminales,
                 negros, porque no son rojos.
                 Es negocio temerario
                 lo que es la fisonomía.
                 De estraordinaria podía
                 hacer un vocabulario.
                 Soy saludador.
MARTES   ¿Él?
LOPE   Sí,
             que tengo salud agora
             y saludo a cualquier hora
             a quien me saluda a mí.
                 Canto como un sacristán
             y bebo como una esponja,
             y güelo como toronja
             o yerba de por San Juan.
                 Mato cosas de comer
             y como lo que otros matan.

Trato de aquello que tratan
y callo si es menester.
    Porque sepan que estudié,
sé latín y griego niego,
porque si yo lo sé en griego,
¿cómo sabrán lo que sé?   (vv. 2434-2458)

La elección del nombre de Lope para uno de los criados se ajusta a los usos del Fénix en otras comedias suyas, como documentan Morley y Tyler [1961:137], aunque no es un nombre excesivamente frecuente.[6] Cuando Inés le provoca celos con Martes, Lope acude a lamentarse a Violante, quien a su vez informa a Inés de que el criado que la corteja se ha quejado de su actitud hacia él. La respuesta de Inés apunta a unas posibles recriminaciones que incluyen alusiones a la escritura literaria, las cuales no corresponden a ningún hecho concreto de la acción de la comedia:

INÉS   ¿Lope se queja de mí
           de manera que me arguyas
        de tan injustos efetos?
        ¿Húrtole yo sus concetos?
        ¿Vendo mis cosas por suyas?
          ¿Canto yo con otros grillos
        y en su fin al cisne agravio?
        ¿Sustento yo, por ser sabio,
        que es inorante en corrillos?
          ¿Cuándo procuré envidiosa
        que su opinión se consuma?
        ¿Cuándo murmuré su pluma
        ni dije mal de su prosa?
        No tiene Lope razón.   (vv. 2302-2315)

---

6. Solo se conocen cinco comedias auténticas del Fénix que contengan un criado o lacayo homónimo del dramaturgo: *De cuando acá nos vino*, *El triunfo de la humildad y soberbia abatida*, *El más galán portugués*, *La victoria de la honra* y *La villana de Getafe*. Curiosamente, todas ellas se escribieron por los mismos años en los que Lope compuso *Mujeres y criados*, o poco antes, lo que indica una cierta preferencia del dramaturgo por esos años por emplear su propio nombre para personajes menores de sus comedias.

El chiste del pasaje se explica como una chanza basada en la confusión de identidades entre el Lope personaje y el Lope dramaturgo, con una cómica referencia de tintes autoirónicos a algunas de las quejas que Lope vertió en diversas partes de su producción contra sus detractores. Aunque algunas de ellas pueden ser similares a las de otros escritores de la época, la mayoría resuenan con un eco particularmente lopesco: la alusión a versos suyos hurtados y a la apropiación indebida de su nombre para que otros puedan obtener un rédito económico (García-Reidy 2013b:435). Esta confusión de identidades entre el Lope personaje y el Lope dramaturgo supone un guiño a los espectadores que seguían la trayectoria literaria del Fénix y que serían quienes entenderían sin problema esta alusión.

EL ESPACIO URBANO Y LA RELEVANCIA DEL ÁMBITO DOMÉSTICO

Uno de los rasgos constitutivos del subgénero de la comedia urbana es, como el propio marbete indica, que la acción de la obra transcurre principalmente en un espacio urbano contemporáneo.[7] En el caso de *Mujeres y criados*, la localización madrileña de la acción queda apuntada por la mención de lugares concretos como la calle del Pez, la calle Mayor o el Prado (vv. 62 y 2502-2503), aunque el grueso del enredo se desarrolla principalmente en el interior de la casa de Florencio, espacio doméstico donde Luciana y Violante se erigen en dueñas de la acción y de la palabra, y con ello del devenir del resto de personajes principales. Para valorar la importancia de los distintos espacios de la obra, es útil ofrecer un esquema que recoja los distintos marcos espaciales, señalando su condición de espacio interior o exterior y la distribución relativa de la acción en cada uno de ellos (los espacios en blanco marcan la separación entre los actos):

---

7. Aunque no se ofrecen referencias cronológicas concretas, la acción se desarrolla en un tiempo que coincide de manera implícita con el presente del dramaturgo y el espectador de la época. La trama en su conjunto abarca unos pocos días: el primer acto comienza hacia el final de una noche y acaba a la mañana del día siguiente; el segundo acto se inicia a la jornada siguiente y se desarrolla a lo largo de la misma, y el tercer acto empieza tras un lapso de varios días y se desarrolla igualmente a lo largo de una sola jornada. Lope articula el tiempo de *Mujeres y criados* a partir de una cierta concepción de la unidad de tiempo, dado que cada acto transcurre en menos de veinticuatro horas.

Marco espacial	Tipo	Versos
Casa del conde Próspero	Interior	1-144
Calle frente a la casa de Florencio	Exterior	145-356
Casa de Florencio	Interior	357-514
Prado a orillas del río	Exterior	515-926
Casa del conde Próspero	Interior	927-1038
Casa de Florencio	Interior	1039-1872
Calles de Madrid	Exterior	1873-2050
Casa de Florencio	Interior	2051-2709
Casa del conde Próspero	Interior	2710-2747
Casa de Florencio	Interior	2748-2891

Los espacios se ajustan a los dos escenarios más característicos de la comedia urbana lopesca: la calle y las salas del interior de la casa (Oliva 1996:22). El predominio de los espacios interiores en *Mujeres y criados* es más que evidente, con siete cuadros situados en espacios interiores frente a tres cuadros localizados en espacios exteriores.[8] El espacio interior adquiere en esta comedia un protagonismo que presentan pocas piezas coetáneas:[9] solo 624 versos transcurren en alguno de los tres espacios abiertos de la comedia; los 2267 versos restantes tienen lugar en el interior de una de las casas de los tres personajes que representan la autoridad: los dos padres, Florencio y Emiliano, y el conde Próspero. De estos tres espacios, la casa de Florencio destaca por encima del resto. Ni más ni menos que 1795 versos, o sea más del 62% del total, se sitúan en este espacio, que además ocupa dos lugares emblemáticos de la estructura de la acción: la práctica totalidad del

---

8. Sobre el concepto de cuadro como unidad de segmentación dramática, véase Ruano de la Haza y Allen [1994:291-292].

9. Según Arata [2002:103 n. 24], por estos años Lope ya comienza a escribir algunas comedias urbanas en las que predominan los espacios interiores, frente al equilibrio entre espacios exteriores e interiores que caracteriza la mayoría de piezas de las primeras décadas del siglo XVII. Sobre el uso el espacio doméstico en las comedias urbanas en Lope, véase también Antonucci [2009:21-25].

segundo acto, donde se despliega el enredo, y el cierre de la comedia, con la resolución del conflicto. El movimiento escénico de los personajes dentro de este espacio interior se ajusta a las dinámicas sencillas de entradas y salidas propias de la dramaturgia de las primeras décadas del siglo XVII destacadas por Antonucci [2009:20], aunque también utiliza Lope el recurso de que uno de los galanes tenga que esconderse ante la llegada de un contrincante amoroso a la casa (es lo que tiene que hacer Claridán ante la llegada de don Pedro al principio del segundo acto), poco frecuente en sus comedias de esos años.

La casa de Florencio es descrita por el conde Próspero como «grande, con jardín y algo apartada» (v. 1408), en cuyo interior no faltan estrados (v. 2763) para Luciana y Violante, donde las dos hermanas podían acomodarse para pasar sus ratos de ocio o recibir a las visitas. Es también una casa con biblioteca o, al menos, con libros de entretenimiento como son las novelas del italiano Giovanni Battista Giraldi, «Cinthio», como refiere Florencio cuando acoge a Teodoro: «si libros también queréis, / que son amigos en fin, / ahí tengo las novelas / del Cintio» (vv. 1486-1489). En definitiva, se trata de un espacio familiar que, por sus características, se ajusta al nivel de vida de una familia acomodada en el Madrid de la época, aunque no pertenezca a la nobleza ni sea especialmente acaudalada. Esta casa constituye un espacio que, si bien se halla bajo la autoridad de Florencio (como muestra su primera aparición en escena, cuando hace llamar a sus criados y a sus hijas para organizar sus actividades) y Luciana y Violante tienen que fingir que toman el acero para encontrarse tranquilamente con Teodoro y Claridán en el campo, el control efectivo de este espacio interior está en manos de Luciana y Violante. Si Florencio piensa que sus hijas acatan su orden de tomar el acero para cuidar su salud, en realidad ellas se deshacen del brebaje y fingen tomarlo solo para poder salir a pasear; si Florencio piensa que podrá guardar a sus hijas y proporcionarles buenos maridos, en realidad ellas hacen y deshacen en relación con el amor de acuerdo con su voluntad.

En este sentido, los espacios interiores se contagian del carácter juguetón y liberador de los espacios públicos madrileños que caracterizan las comedias del Fénix de este período,[10] pues es en esta casa donde las dos

---

10. Sobre la imagen de Madrid y su influencia en las comedias urbanas del Fénix de estos años, véase García Santo-Tomás [2004:133-150].

hermanas pueden desplegar su ingenio y manejar a su voluntad a los personajes masculinos. Frente a otras comedias barrocas, tanto de Lope como de otros dramaturgos, donde la casa es un espacio casi asfixiante, que sirve para controlar a la mujer y que debe asediar el galán (Rubiera Fernández 2005:155-165), en el caso de *Mujeres y criados* el interior de la casa se erige en un espacio femenino desde donde las protagonistas planean sus movimientos, atraen a sus galanes y manipulan a sus contrincantes. En la casa es donde Luciana idea la forma de engañar al conde Próspero y a su propio padre para evitar que Teodoro tenga que marchar de Madrid y logra que su amante acceda al interior. Pero frente al episodio del galán escondido en el desván que tiene lugar hacia el final de *La dama boba*, aquí el ingenio de Luciana hace que Teodoro sea acogido abiertamente en la casa por su padre, ignorante de lo que realmente está sucediendo. En esta casa también es donde Violante resistirá los envites amorosos de don Pedro gracias a su agudo uso del lenguaje. El dominio femenino del espacio doméstico hace de *Mujeres y criados* una comedia que lleva hasta nuevos límites la libertad que presenta este tipo de espacio en alguna otra comedia urbana coetánea, como es el caso de *De cuando acá nos vino*, estudiado por Gavela García [2008:131-134], o en la más temprana *La viuda valenciana*, donde la viuda protagonista hace de su casa un auténtico teatro de la seducción al que atrae al galán al que desea para así poder controlar la situación de acuerdo con sus propios intereses (Ferrer Valls 2001:52-54).

Existe también en relación con la casa un subespacio completamente diegético (Issacharoff 1981:215), es decir, un espacio evocado tan solo a través de las palabras de los personajes y que nunca se representa en escena: el jardín. Como ha estudiado Zugasti [2011], este es un espacio asociado al tópico del *locus amoenus*, a las mujeres y al amor, y presente en un número significativo de comedias de Lope. Lo destacable del caso de *Mujeres y criados* es cómo este espacio a la vez interior (dado que forma parte de los límites de la casa de Florencio) y exterior (puesto que está al aire libre y reproduce de manera ordenada el ámbito de la naturaleza) cumple su función tópica a través tan solo del poder evocador de la palabra de diversos personajes. No es casualidad que la primera mención a un jardín en la comedia sirva para aludir metafóricamente al deseo y posesión de la mujer amada, anticipando así que será Teodoro quien acabe quedándose con Luciana tras hacerse con el control del jardín de su amada: «las mujeres son jardín:

/ todos las ven, pero en fin / goza el fruto de quien son» (vv. 640-642). El jardín se asocia especialmente al proceso de seducción, pues nada más llegar Teodoro —bajo la máscara de un falso don Pedro— a casa de Florencio, este invitará al ficticio acogido a disfrutar del jardín de su casa: «Si os agradare el jardín, / en él os entretendréis; [...] / Entraos al jardín en tanto / que se os hace el aposento» (vv. 1484-1485 y 1532-1533). El gesto de invitar al galán de su hija a que acceda a una parte privada de la casa como era el jardín, simbólicamente asociado a lo femenino, al placer y a la seducción, no es casualidad. Allí será también donde Teodoro se gane definitivamente el favor de Florencio gracias a su buena disposición y al compartir con él comida, bebida y buenos ánimos gracias al vino (vv. 1570-1571 y 1610-1614). En el tercer acto Teodoro, acuciado por los celos, acusará a Luciana de engañarlo con el Conde mientras él está en casa de su padre, alusión en la que la huerta adquiere más explícitamente su sentido simbólico sexual: «[vengo a ser] el Tántalo de esta güerta, / donde no puedo comer» (vv. 2509-2510).

Respecto a los espacios abiertos, representan dos marcos espaciales comunes a otras comedias urbanas de Lope. El primero de ellos es la calle, que adquiere relevancia solo en el primer acto, donde parte de la acción tiene lugar en el exterior de la casa de Florencio: allí acuden en el segundo cuadro de la comedia los personajes de Claridán, el conde Próspero y Teodoro con la intención de hablar con Violante y Luciana. Una serie de convenciones dramáticas y performativas caracterizan el uso de este espacio. Por un lado, la calle, especialmente cuando la acción tiene lugar de noche, es un espacio propicio para los lances motivados por la coincidencia de dos o más rivales amorosos bajo la ventana de la misma dama a la que galantean. En el caso de *Mujeres y criados*, este posible conflicto, aunque esperado (de ahí que Claridán pida a su lacayo Martes que vigile la esquina por si ve venir a alguien), queda neutralizado, pues cuando Claridán ve bajo la ventana de su amada Violante a quien piensa que es un rival, resulta que se trata de su señor, el conde Próspero, y este le informa de que la dama por la que suspira es la hermana de Violante. Por otro lado, cuando Teodoro llega a la puerta de la casa, ve marcharse al Conde, lo que confirma sus temores de que es su rival amoroso, aunque por razones evidentes no hay nada que pueda hacer en ese momento. Por otro lado, el cuadro que transcurre frente a la casa de las dos hermanas permite recurrir al corredor del primer piso de la fachada del escenario para que parezca que, en un determinado momento, Violante se asoma desde su ventana para hablar con Claridán.

El segundo espacio abierto es el campo al que acuden Violante y Luciana al final del primer acto, aparentemente para dar un paseo tras haber tomado el acero (vv. 483-485), pero que en realidad es una excusa para poder encontrarse con Claridán y Teodoro. Una referencia hecha en los vv. 741-743 («que yo por estas orillas / que esmalta de flores Flora / quiero a la villa volverme») nos indica que dicho prado queda cerca del Manzanares, con sus huertas, parques y arboledas, un espacio público de gran atractivo para la gente de Madrid (Deleito y Piñuela 1968:69-76). Pese a la proverbial falta de caudal del río, este era el suficiente como para que la gente pudiera ir a bañarse en él y así refrescarse durante el verano (McKendrick 1974:34), mientras que sus orillas se llenaban con frecuencia de galanes y sus damas, que buscaban disfrutar de la frescura, belleza y tranquilidad del lugar. Este espacio abierto se construye con elementos del tópico del *locus amoenus*: de ahí las referencias a que se trata de un espacio lleno de flores (vv. 565, 575 y 676), de árboles en cuyas cortezas se pueden tallar palabras de enamorados (vv. 591-598, 675 y 682) y de fuentes (v. 677), y donde hay también una huerta cercana (v. 725) que aprovechan las mujeres y sus galanes para almorzar. En este sentido, y al igual que en el caso de los espacios interiores, también se evoca un espacio exterior enteramente diegético: el del Madrid cortesano asociado al ocio, los paseos y el galanteo, un espacio no solo geográfico sino también social e ideológico, frecuente en las comedias urbanas barrocas (Greer 2013:84). Estas actividades tenían lugar en espacios como el Prado o la calle Mayor, espacios de moda frecuentados por hombres y mujeres durante sus ratos libres para verse, conversar y, en ocasiones, buscar el amor (Herrero García 1963:184-193). Forman parte de este Madrid del ocio las alusiones a las corridas de toros (v. 1316) —festejos muy populares en la época (Deleito y Piñuela 1966:105-147)— o a los coches que frecuentan las calles madrileñas (vv. 1316 y 2501), vehículos asociados al mundo de la seducción y que hacen su aparición en diversas comedias lopescas de estos años (García Santo-Tomás 2003:224). Los personajes crean mediante la palabra un espacio urbano más general que sirve de marco para la acción de *Mujeres y criados* y que sitúa su enredo en las dinámicas asociadas a este Madrid cortesano de Felipe III.

UN SUTIL ECO LITERARIO

Aunque el argumento de *Mujeres y criados* y el desarrollo de la acción parecen deberse enteramente a la invención de Lope, la onomástica de algunos de los personajes se explica por una sutil influencia literaria: el *Decamerón* de Boccaccio.[11] He señalado anteriormente el punto de contacto que existe entre *Mujeres y criados* y *El perro del hortelano*: en ambas obras uno de los personajes principales es un secretario llamado Teodoro. Pues bien, no sorprende encontrar que una de las fuentes literarias que sirvió de inspiración para ciertos elementos de *El perro del hortelano* (McGrady 1999), compuesta prácticamente en la misma fecha que *Mujeres y criados*,[12] fuera aprovechada también por Lope para la comedia que nos ocupa, en este caso bajo la forma de los nombres de dos personajes principales. Así, la novela V, 7 del *Decamerón* tiene como protagonistas a un joven llamado Teodoro y a una muchacha llamada Violante. El joven había sido comprado como esclavo en Sicilia por el padre de la muchacha para que sirviera en la casa. Sin embargo, su dueño quedó tan gusto con él que lo liberó y, pensando erróneamente que Teodoro era turco, lo bautizó e hizo cambiar su nombre a Pedro, y además le confió la gestión de sus asuntos nombrándolo su administrador. La acción de esta *novella* se complica cuando Teodoro/Pedro se enamora de Violante y la deja embarazada, lo que está a punto de costarle la vida tras hacerse pública la deshonra.

Los puntos en común entre esta *novella* de Boccaccio y *Mujeres y criados* son más bien superficiales, pero evidentes: la Violante boccacciana inspirará el nombre de una de las hermanas protagonistas en *Mujeres y criados*, mientras que el Teodoro de la comedia de Lope adoptará también el nombre de don Pedro, solo que en este caso como forma de ocultar su identidad para engañar al padre de su dama y poder acceder abiertamente a su casa. Ahí podemos ver otra influencia de la *novella* italiana: el hecho de que Teodoro, gracias a su carisma y cualidades como persona, se gane la confianza y el afecto del padre de la dama de la que está enamorado. Si en

---

11. Agradezco a Diana Berruezo Sánchez sus indicaciones acerca de las posibles influencias de la novelística italiana en *Mujeres y criados*.

12. Según Morley y Bruerton [1968:375, 957], esta comedia fue escrita entre 1613 y 1615, siendo lo más probable el que se compusiera en 1613.

Boccaccio esto se concreta con el nombramiento de Teodoro/Pedro como administrador de los bienes de su antiguo amo, en *Mujeres y criados* cristaliza cuando Florencio está dispuesto a conceder la mano de su hija Violante al supuesto don Pedro. Aunque esta boda nunca llegará a materializarse en la comedia de Lope, el atisbo de unión entre Teodoro/don Pedro y Violante deviene fugaz eco de lo sucedido en la *novella* de Boccaccio que Lope tuvo en mente al trazar la onomástica de su comedia. *Mujeres y criados* se acerca, aunque solo someramente, a ese conjunto de comedias de enredo con influencia boccacciana sobre el que ha llamado la atención Navarro Durán [2001].[13]

LA VIDA ESCÉNICA DE *MUJERES Y CRIADOS*

Son pocos los datos que poseemos acerca de la trayectoria escénica de *Mujeres y criados*. Dado que no sabemos la fecha exacta de composición de la comedia, no es posible precisar el lugar y el momento en donde tuvo lugar su estreno. Tal y como se recoge en *CATCOM* (Ferrer Valls *et al.* s.a.:Mujeres y criados), la primera noticia es un poder otorgado por Pedro de Valdés el 21 de enero de 1615 en Toledo a favor de Juan de Saavedra, vecino de Sevilla, para que pudiese llevar a cabo una serie de gestiones en la ciudad andaluza en nombre de la compañía de Valdés. Entre estas gestiones estaba la posibilidad de que Juan de Saavedra impidiese, por medio de pleitos, que cualquier otro autor o actor representase comedias que le pertenecían. Este tipo de poderes era algo bastante frecuente en el contexto teatral del siglo XVII, dado que las compañías tenían que proteger sus repertorios de otras compañías que furtivamente conseguían copias de sus obras dramáticas y luego las representaban,[14] y a falta de un control públi-

---

13. Para la influencia de Boccaccio en Lope de Vega, véanse también los trabajos de Bourland [1905], Metford [1952], D'Antuono [1983], Dixon [1989] y Muñoz [2011, 2013].

14. Dichas copias parece que se conseguían con frecuencia a partir de los manuscritos o papeles de actor que poseían miembros o antiguos miembros de las formaciones, que posteriormente vendían a compañías rivales. Otra posible forma de conseguir la copia de una comedia sin comprarla legítimamente al autor de la compañía que la representaba era por medio de un memorión, esas personas de prodigiosa memoria que aparentemente

co eficiente de los derechos de las compañías sobre las obras de sus repertorios (García-Reidy 2012), las formaciones debían recurrir a los pleitos para
proteger sus intereses económicos. Además, la única manera de poder vi-
gilar distintas ciudades era tener apoderados que pudieran velar por que
las compañías que acudieran a representar a las localidades en donde se
hallaran no intentaran representar ninguna obra de su repertorio.[15] Al
otorgar el mencionado poder, Pedro de Valdés enumeró una serie de comedias que formaban parte de su repertorio para que Juan de Saavedra se
asegurara de que ninguna de ellas era representada por otra compañía en
Sevilla, entre las que figuraba *Mujeres y criados*. San Román, al publicar
este poder, ya señaló como un número significativo de las comedias que
figuran en este listado son obras de Lope de Vega (San Román 1935:LXXII-
LXIV, 200-202), dado que son estos los años de máxima relación profesional
entre el dramaturgo madrileño y este autor de comedias (García-Reidy
2013a:118-120, 124). Esto hacía especialmente necesario protegerse de
otras compañías, dado que las comedias del Fénix, por su calidad y su consiguiente rentabilidad económica, eran altamente codiciadas por todas las
formaciones de la época. No es casualidad que la célebre querella que in-
terpuso el autor de comedias Alonso de Riquelme contra la compañía dirigida por Antonio de Granados por haber representado comedias de su repertorio tuviera lugar por estos años (el pleito data de finales de 1616) y se
debiera a cuatro comedias de Lope de Vega que pertenecían a Riquelme
(Salazar y Bermúdez 1942).[16]

Es posible que en enero de 1615 la compañía de Pedro de Valdés repre-
sentara *Mujeres y criados* en Toledo (a donde había llegado desde Vallado-

---

eran capaces de memorizar y recomponer el texto de una obra a partir de la asistencia a
unas pocas representaciones.

15. Esto era especialmente importante cuando se trataba de una plaza teatral tan importante como Sevilla, donde una compañía como la de Pedro de Valdés podría estar interesada en acudir para representar y para la que querría mantener inéditas las comedias de
su repertorio para así poder atraer al mayor número de espectadores posibles y hacer un
buen negocio.

16. Aunque Antonio de Granados había podido representar comedias de Lope entre
1602-1604, por algún motivo perdió el favor del dramaturgo y por eso hubo de recurrir al
robo para poder incorporar nuevas comedias del Fénix a su repertorio (García-Reidy
2009:269-270).

lid hacia la Navidad de 1614).[17] La compañía marchó a Madrid en algún momento de febrero y permaneció allí no solo hasta el final de esa temporada teatral (cuyo último día en 1615 fue el 3 de marzo), sino que continuó en la villa y corte con la reanudación de las representaciones a finales de abril y hasta mediados de agosto, con solo algunos bolos por la zona (Ferrer Valls *et al.* 2008:Pedro de Valdés). Es muy probable, por consiguiente, que la comedia que nos ocupa fuera representada en Madrid en algún momento de ese período. En los años siguientes la compañía de Pedro de Valdés se movió por tierras andaluzas, aragonesas, valencianas y vallisoletanas, por lo que probablemente representó *Mujeres y criados* en ciudades como Málaga, Córdoba, Sevilla, Zaragoza, Valencia y Valladolid, entre otras.

La siguiente noticia referida a la trayectoria escénica de esta comedia se encuentra en el manuscrito mismo conservado. Pedro de Valdés, al terminar la copia, la fechó y situó geográficamente: «Fin de la tercera jornada de *Mujeres y criados*. Acabose de trasladar en Barcelona a 8 de diciembre, día de Nuestra Señora de la Conceción, de este año de 1631». Es verosímil suponer, por consiguiente, que la comedia pudo representarse en Barcelona y otras partes de Cataluña durante el tiempo en que la compañía de Pedro de Valdés estuvo representando en la zona.[18] El hecho de que Valdés se preocupara por sacar una copia en limpio de *Mujeres y cria-*

---

17. Probablemente las actrices que interpretaran a Luciana y Violante fueran Jerónima de Burgos y Ana María Canal, quienes representaron los papeles de otras dos hermanas, Nise y Finea, en el estreno de *La dama boba* en 1613 (De Salvo 2001:69-91). De hecho, es verosímil suponer que la mayoría de los actores y actrices de la compañía de Pedro de Valdés que participaron en este estreno tuvieron también asignado algún papel en *Mujeres y criados*. Luis de Quiñones, por ejemplo, que representó el papel del viejo Octavio en *La dama boba*, y Juan de Villanueva, que representó el de Miseno, bien pudieron interpretar a Florencio o a Emiliano en la comedia que nos ocupa. Por otro lado, los actores Cristóbal Ortiz, Baltasar de Carvajal, Benito de Castro y Simón Gutiérrez, que en *La dama boba* representaron los papeles de galanes, probablemente se repartieron los de Claridán, Teodoro, Próspero y don Pedro en *Mujeres y criados*. Dado que no conservamos ningún reparto de esta comedia, las asignaciones no pueden ir más allá de la mera especulación. También en otra comedia estrenada por Pedro de Valdés en esas fechas, *De cuando acá nos vino*, Lope recurrió al modelo de un protagonismo femenino compartido por dos personajes/actrices diferentes (Gavela García 2008:234-235).

18. Hay una laguna documental en relación con la actividad profesional de Pedro de Valdés en 1630 y 1631 (Ferrer Valls *et al.* 2008:Pedro de Valdés), pero por una copia de *La*

dos más de quince años después de su estreno lleva a pensar que todavía mantenía parte de su vida útil en los escenarios y, por consiguiente, de su valor económico: por un lado, porque la vigencia en cartel de una obra del Fénix podía sobrepasar lo que era habitual para piezas de otros dramaturgos de menor éxito (Presotto 2001:49-59); por otro lado, porque hacía muchos años que Lope ya no escribía comedias para Valdés (García-Reidy 2013b:124), por lo que este ya no tenía fácil acceso a nuevas obras del dramaturgo madrileño. El manuscrito se erige, por tanto, en testimonio material de la pervivencia en cartel de *Mujeres y criados*, al mismo tiempo que constituye el último indicio conocido de su vigencia en los escenarios del siglo xvii.

PROBLEMAS TEXTUALES

Mujeres y criados ha llegado hasta nosotros tan solo en una copia manuscrita conservada en la Biblioteca Nacional de España bajo la signatura Ms. 16915 (Paz y Melia 1934:370), procedente de la biblioteca de la casa ducal de Osuna e Infantado en 1886.[19] A este testimonio único le he dado la sigla *M* en la presente edición.[20] El manuscrito presenta un tamaño habitual en 4.° y está formado por cincuenta y seis folios, con encuadernación moderna. El estado de conservación es bastante bueno, aunque la segunda mitad del manuscrito está dañada por lo que parece ser humedad en las secciones superiores externas de los folios: esta mancha comienza a ser perceptible hacia el f. 12 del segundo acto y afecta en diferentes grados al resto del manuscrito. A pesar de que en algunos folios la mancha es realmente

---

puerta *Macarena* sacada por el mismo autor sabemos que en mayo de 1631 estaba con su compañía en Perpiñán (Juan Pérez de Montalbán, *La puerta Macarena*, f. 93r).

19. Agradezco a María José Rucio Zamorano, jefa de servicio de manuscritos e incunables de la Biblioteca Nacional de España, este dato.

20. Las variantes del manuscrito de las que doy cuenta reflejan las correcciones hechas por Pedro de Valdés como parte del proceso de copia (que se identifican con la sigla *M*) y, en algunos pocos casos a los que enseguida me referiré, intervenciones mínimas hechas por otra mano (que se identifican con la sigla *M'*). Para señalar estas correcciones empleo los signos convencionales adoptados por Prolope [2008] como parte de sus criterios de edición del teatro de Lope de Vega.

evidente (especialmente en torno al final del segundo acto y el inicio del tercero), por fortuna el deterioro no ha dañado el texto y este es todavía enteramente legible.

El manuscrito está copiado por una sola mano,[21] que numera los folios de manera independiente en cada acto. Gracias a *Manos teatrales: base de datos de manuscritos teatrales* (Greer s.a.), es posible identificar sin ningún género de dudas a este copista con el autor de comedias Pedro de Valdés. En el primero de los folios, y tras el elenco de personajes correspondientes a la primera jornada de la comedia, la misma mano de Valdés anota «Legajo 3.°», probablemente una referencia a la organización del repertorio de su compañía y al lugar que ocuparía la comedia en él. En este mismo folio aparecen otros números («M. 42», «n.° 4» y un «22» que está tachado) de manos diferentes —del siglo XVII y más modernas—, las cuales parecen corresponder a clasificaciones posteriores de diversos poseedores del códice.

El manuscrito está bastante limpio, con relativamente pocas tachaduras o borrones del copista para corregir errores o despistes (como en v. 495, v. 550, v.608*Per*, v. 609*Per*, v. 625*Per*, v. 856, v. 875, v. 1142*Carta*, v. 1268, v. 1271, v. 1505, v. 1509, v. 1802, v. 1822, v. 1834, v. 1856, v. 2362, v. 2489, v. 2598, v. 2675, v. 2741, v. 2758, v. 2836 y v. 2879). Hay pocos casos de errores de copia que no se solucionaron en una posterior revisión de lo ya escrito: por ejemplo, encontramos algún olvido a la hora de indicar el nombre del personaje que interviene (v. 316*Per*, v. 2771*Per* y v. 2885*Per*); la repetición de una palabra al final de dos versos consecutivos de un redondilla (v. 2314); la repetición de un verso entero (el último verso del f. 13v del tercer acto —el v. 2337 de esta edición— se repite al principio del folio siguiente), la omisión de un verso de una redondilla (v. 717) y alguna palabra mal copiada por despiste (v. 204, v. 861, v. 1340, v. 1356, v. 1410, v. 1712, v. 1848*Per*, v. 1949*Per*, v. 2165, v. 2338, v. 2442 y v. 2644) o influencia del contexto (v. 1125). La copia es, por tanto, bastante cuidadosa, y la ausencia de pasajes estragados en su sentido apunta a que se hizo a partir de otro manuscrito que no presentaba dificultades de lectura ni estaba ya textual-

---

21. Hay unas pocas intervenciones en el primer acto del manuscrito (f. 4v, f. 6v y f. 7v) que tal vez pudieran corresponder a manos distintas a las del copista principal, pero son modificaciones demasiado pequeñas como para poder analizar los trazos.

mente deteriorado por sucesivas copias o añadidos ajenos a la pluma del dramaturgo original.

Es interesante notar que, al terminar de trasladar el segundo acto, Pedro de Valdés escribió en un primer momento «Fin de la segunda [jornada] de *Ruy López de Ávalos*», es decir, confundió el título de la comedia que estaba copiando. Al darse cuenta de su equivocación, tachó el título de *Ruy López de Ávalos* y lo sustituyó por el correcto de *Mujeres y criados*. Tal vez la presencia de este otro título se explique por el hecho de que Valdés estaba sacando una copia de esta otra comedia durante los mismos días que trabajaba con el manuscrito de *Mujeres y criados*. En todo caso, alguna relación hubo de tener este copista con la comedia *Ruy López de Ávalos* para que cometiera este desliz y probablemente se explica porque una comedia con este título formaba parte del repertorio de la compañía de Valdés en 1631, de modo que este autor tenía el título en su cabeza.[22]

Mi hipótesis es que esta copia se sacó a partir del original autógrafo de Lope: de ahí la calidad del texto, que solo sufre una deturpación significativa (la pérdida de un verso en una redondilla) fácilmente explicable por un despiste durante el proceso de copia. Otros dos factores apoyan esta idea. Por un lado, la fecha en que sabemos que se sacó esta copia, 8 de diciembre de 1631, de la que se deja constancia al final del manuscrito y que tuvo lugar menos de veinte años después de que se estrenara la comedia. Por otro lado, el hecho de que el copista fue Pedro de Valdés, lo que vincula el manuscrito con la misma compañía que poseyó el original de Lope hacia 1613-1614. Todo ello son argumentos a favor de una cercanía entre el testimonio manuscrito que hemos conservado de *Mujeres y criados* y el texto salido de la pluma de Lope.

---

22. Es difícil saber con seguridad qué comedia titulada *Ruy López de Ávalos* tenía en la mente el copista, como explico con más detenimiento en mi citado artículo (García-Reidy 2013b:240-241). Quizá se trate de la comedia que se conoce como *Próspera fortuna de don Álvaro de Luna, y adversa de Ruy López de Ávalos*, publicada a nombre de Tirso de Molina, pero cuya paternidad rechazó dicho dramaturgo, o una anónima *Segunda parte de don Álvaro y Ruy López*.

RESUMEN DEL ARGUMENTO

ACTO PRIMERO²³

La comedia se abre de noche en Madrid, en el interior de la casa del conde Próspero, a donde este llega acompañado por dos de sus criados, su camarero Claridán y su secretario Teodoro, después de una velada de juegos y diversión. Claridán le apremia para que se acueste, lo que despierta las sospechas del Conde, quien teme que esté cortejando a Luciana, la dama a la que desea. En realidad, el galán de Luciana es Teodoro, su secretario, mientras que Claridán corteja a su hermana, Violante. Una vez que el Conde aparenta irse a la cama, Claridán acude acompañado por el lacayo Martes a la calle frente a la casa de Violante y ella se asoma a la ventana para hablar con su enamorado. El Conde, debido a las sospechas que alberga, llega al mismo lugar y, aliviado, descubre tras hablar con Violante y Claridán que su camarero a quien corteja es a la hermana de la dama a la que él desea. Sin embargo, también acude al lugar Teodoro, quien descubre que su señor está intentando conquistar a la mujer a la que ama. Claridán consuela a su amigo recordándole la firmeza del amor de Luciana y, dada la cercanía el amanecer, ambos se marchan.

La acción continúa a la mañana siguiente en la casa de Florencio, quien está molesto porque sus hijas, Luciana y Violante, y sus criados Lope e Inés todavía no están preparados. Las dos hermanas fingen ante su padre que toman el acero para cuidar su salud, aunque en realidad es una estratagema para poder salir a pasear al campo. Idas las dos hermanas, llega a la casa Emiliano, un amigo de Florencio, para proponerle que su hijo don Pedro se case con Violante, propuesta con la que Florencio se muestra encantado dado que lo considera un buen partido. Entretanto, en el campo, Claridán, Teodoro y Martes comentan lo sucedido la noche anterior mientras aguardan la llegada de sus dos amadas. El criado Lope, por su parte, expresa a Inés los celos que siente porque se muestre interesada en Martes. Teodoro expresa a Luciana sus celos ante el temor de que prefiera al Conde, pero

---

23. Cabe señalar que en el manuscrito se utiliza tanto el marbete de «acto» como el de «jornada» para denominar cada segmentación macrotextual. En este prólogo homogeneizo usando solo «acto».

ella le asegura que está enamorada de él y no de Próspero. La llegada inesperada del Conde en su coche los obliga a tener que inventar una excusa para explicar la presencia de los cuatro en el campo. Próspero, celoso, finge creerse sus excusas y marcharse, pero en realidad se queda escuchando detrás de un árbol y oye cómo Violante reafirma su amor a Teodoro. El Conde jura que se vengará de sus criados «a fuerza del ingenio» para poder conseguir el amor de Luciana.

ACTO SEGUNDO

El segundo acto comienza al día siguiente en casa del Conde, con Claridán y Teodoro comentando los sucesos de la jornada anterior. El Conde encarga a Teodoro que, en calidad de su secretario, acuda a visitar a un sobrino suyo que supuestamente está enfermo y le entregue una carta en su nombre. Pese a los intentos de Teodoro por excusarse, dado que no quiere alejarse de Luciana por celos de su señor, no tiene más remedio que aceptar el encargo. Poco después, en casa de las damas, Teodoro llega para despedirse de Luciana, quien lo conmina a que abra y lea la carta del Conde: cuando al fin Teodoro lo hace, descubren que todo ha sido un engaño de Próspero, pues pretende que su sobrino retenga a Teodoro en su casa durante seis meses para así no tener que preocuparse de su rival amoroso. Luciana, sin embargo, idea una manera no solo de evitar que su amado se marche, sino de conseguir que viva en su propia casa.

Entretanto, Claridán habla en la casa con Violante, aunque tiene que esconderse al poco ante la llegada de Florencio acompañado por Emiliano y don Pedro. Florencio expone a su hija Violante su intención de que don Pedro se case con ella, aunque la dama exige poder examinarlo para ver si es de su gusto. Don Pedro, que se ha percatado de la presencia de otro hombre —Claridán— en la casa mientras esperaba en una habitación, es sometido por parte de Violante a un interrogatorio sobre sus gustos y comportamiento, con el que la dama da a entender su poco interés en el caballero. Don Pedro, que se resiste a darse por vencido, le pide poder tratarla unos días más con la excusa de que así podrá desenamorarse de ella.

A continuación, el conde Próspero recibe una carta de Luciana en la que le ruega que ampare a un supuesto hermano de una amiga llamado don Pedro y que se ha visto envuelto en un enfrentamiento, para que pueda estar escondido en casa de Florencio durante unos días. El Conde, a quien Luciana hace creer que de esta manera tendrá motivos para entrar en su casa y visitarla, le pide a Florencio que le haga el favor de alojar a este supuesto don Pedro en su hogar. En realidad todo es una treta para que Teodoro, haciéndose pasar por este ficticio don Pedro, sea acogido abiertamente por Florencio en su propia casa y así Luciana pueda disfrutar de su compañía sin que ni su padre ni el conde Próspero sepan realmente lo que está sucediendo. Poco después coinciden en la casa el auténtico don Pedro y el Conde, que ha acudido a ver a Luciana. En una divertida escena, los dos hombres comienzan a hablar, el uno pensando que el otro es el don Pedro retraído tras una disputa y el galán interpretando las alusiones del Conde a heridas y peligros como metáforas de los rigores que sufre por el rechazo de Violante. Pese a la confusión no resuelta, los dos hombres prometen ayudarse en sus respectivos amores, pues cada uno piensa que el otro tiene acceso a una de las dos hermanas. El acto concluye con Violante y Luciana comentando el éxito de la traza ideada por Luciana.

ACTO TERCERO

El tercer acto se inicia unos días más tarde, en una calle de Madrid, con una conversación entre Emiliano y Florencio donde este le cuenta que ha acogido a un don Pedro en su casa. Tras despedirse los dos amigos, Emiliano se enfada con su hijo cuando se encuentra con él porque piensa que él es el don Pedro al que Florencio aloja en su casa, y que ha estado involucrado en pendencias, aunque su hijo le asegura que no corre más riesgos que los causados por el amor. Emiliano acude a casa del Conde para agradecerle que favorezca a su hijo y le pide que interceda para que se case con Violante. Próspero acepta ayudarlo, pensando que así tendrá más apoyos para conseguir a Luciana.

En casa de las damas, don Pedro pide a Violante remedios contra su amor y ella le responde que no piense en ella, no la vea y se enamore de otra. Pedro replica a cada consejo, insistiendo en el amor que siente hacia la dama, y poco después se marcha de la casa convencido de que aún tiene opciones con Violante. Después de otra divertida escena de celos entre los criados Lope e Inés a raíz de los celos que ella le da con Martes, llegan discutiendo Luciana y Teodoro, quien se muestra cansado y celoso de que el Conde la vea ahora más que nunca. Cuando llega Próspero, Luciana conduce la conversación de tal modo que Teodoro, que puede oírlos hablar desde la habitación en la que se ha escondido, quede reasegurado de su amor hacia él. El Conde pide entonces a Florencio que permita que el don Pedro que acoge en su casa contraiga matrimonio con su hija Violante esa misma noche, cosa a la que el viejo padre accede encantado, pues que ha quedado muy gratamente impresionado por las maneras y comportamiento del joven.

Mientras que Teodoro y Claridán deciden aclarar todo el enredo ante el temor de las consecuencias a las que está derivando la situación, el auténtico don Pedro, avisado por un criado del Conde, piensa que es él el galán dichoso que se casará con Violante y acude a casa de Próspero para vestir las galas que se han preparado para él. Sin embargo, cuando acude en compañía del Conde a casa de las damas, se descubre que el falso don Pedro acogido por Florencio es en realidad Teodoro. El Conde, ante el engaño, se enfada hasta el punto de intentar matar a su secretario, al igual que quiere Florencio por verse burlado en su honor de esta manera, aunque las damas los tranquilizan. Visto que Teodoro quiere casarse con Luciana y Claridán con Violante, Florencio, aconsejado por Emiliano, termina por aceptar la voluntad de sus hijas, al igual que hacen Próspero y don Pedro. Los criados Inés y Lope también manifiestan su intención de casarse y con estas bodas se pone fin a la comedia.

SINOPSIS DE LA VERSIFICACIÓN

ACTO PRIMERO

1-356	Redondillas	356
357-442	Endecasílabos sueltos[24]	86
443-514	Octavas	72
515-770	Redondillas	256
771-926	Romance *e-o*	156

---

24. De este pasaje de endecasílabos sueltos, 52 son pareados.

ACTO SEGUNDO

927-1150	Redondillas	224
1151-1164	Soneto	14
1165-1236	Redondillas	72
1237-1357	Tercetos encadenados	121
1358-1385	Redondillas	28
1386-1447	Endecasílabos sueltos[25]	62
1448-1551	Redondillas	104
1552-1566	Endecasílabos sueltos[26]	15
1567-1614	Redondillas	48
1615-1654	Décimas	40
1655-1682	Redondillas	28
1683-1872	Romance *a-a*	190

ACTO TERCERO

1873-1904	Octavas	32
1905-1918	Soneto	14
1919-1966	Octavas	48
1967-2050	Redondillas	84
2051-2104	Sextetos *aBaBcC*	54
2105-2222	Romance *o-a*	118
2223-2590	Redondillas	368
2591-2643	Endecasílabos sueltos[27]	53
2644-2711	Redondillas	68
2712-2893	Romance *a-o*	18

---

25. De este pasaje de endecasílabos sueltos, 14 son pareados.
26. De este pasaje de endecasílabos sueltos, 14 son pareados.
27. De este pasaje de endecasílabos sueltos, 20 son pareados.

RESUMEN

Estrofas	Total	%
Redondillas	1636	56,55
Romance	646	22,33
Endecasílabos sueltos	216	7,46
Octavas	152	5,25
Tercetos encadenados	121	4,18
Sextetos	54	1,87
Décimas	40	1,39
Soneto	28	0,97

LA FAMOSA COMEDIA DE
MUJERES Y CRIADOS

1.ª JORNADA

Personas del 1.º [acto]

EL CONDE PRÓSPERO

CLARIDÁN, camarero

TEODORO, secretario

RISELO, gentilhombre

MARTES, lacayo

LOPE, lacayo

EMILIANO, viejo

DON PEDRO, su hijo

FLORENCIO, viejo

LUCIANA, su hija

VIOLANTE, su hermana

INÉS, criada

[CRIADOS]

ACTO PRIMERO

Sale el conde Próspero desnudándose, Claridán, camarero suyo,
Riselo y otros criados con una fuente para la golilla

PRÓSPERO	Tomad allá, que os prometo
	que me ha cansado el jugar.
CLARIDÁN	Cansa el perder.
PRÓSPERO	Y el ganar.
CLARIDÁN	Advertimiento discreto,

mas dicen que preguntando   5
a un sabio cómo criarían
a un rey los que le servían,
dijo: «jugando y ganando,
   porque dicen que es la cosa
que más la sangre refresca».   10

PRÓSPERO   ¡Propia sentencia greguesca!
¿Hallástela en verso o prosa?

CLARIDÁN   En el sueño que me ha dado
esperarte hasta las dos.
Desnúdate, que, por Dios,   15
que te ha el perder desvelado.

PRÓSPERO   ¡Qué prisa me das!

CLARIDÁN   ¿No es hora
de dormir?

---

1 *Acot* *desnudándose*: es decir, quitándose el traje de calle para quedarse en ropa interior. *camarero*: el puesto de camarero era una responsabilidad otorgada a un criado de confianza, que era el encargado de vestir a su señor y de acompañarlo para servirle en todo lo que necesitara. *golilla*: se trata de un adorno hecho de cartón y forrado de algún tipo de tela negra que se colocaba alrededor del cuello y sobre el que se colocaba una tela blanca engomada o almidonada.

10 *la sangre refresca*: es decir, 'calma la ira', defecto que debe evitar todo buen noble. En el siglo xvii se consideraba, a partir de la teoría de los cuatro humores del cuerpo humano, que las personas coléricas tenían la sangre caliente y seca (Barona 1993:19).

11 *greguesca*: 'griega' y, por extensión metafórica, 'extravagante, peculiar, peregrina'.

15-16 *que... que*: la repetición del pronombre relativo «que» cumple aquí una función enfática, al igual que sucede en los vv. 2745-2746.

RISELO   Y aun con hablar
               tanto lo es de levantar,
               que ya se afeita el aurora.   20
PRÓSPERO   ¡Poética traslación!
CLARIDÁN   Duerme, acaba.
PRÓSPERO   Claridán,
               los que pierden siempre están
               después en conversación.
                    ¡Que haya quien juegue a los trucos!   25
CLARIDÁN   Un hombre es cosa notoria
               que se hace macho de noria.
RISELO   Dromedarios mamelucos
                    no sufrirán la tahona
               de este juego.

---

20   *se afeita el aurora*: 'se adorna y maquilla la aurora', entendiéndose que lo hace tras haberse despertado. Esta metáfora personificada sirve a Riselo para referir cómo ya casi ha amanecido dada la hora tan tardía de la noche que es.
21   *traslación*: 'metáfora'.
25   *los trucos*: los trucos o mesa de trucos es un antecedente del billar moderno. Se trata de un juego de destreza y habilidad para dos jugadores que consistía en una mesa con una serie de tablillas, barras y agujeros, debiendo los jugadores golpear la bola de marfil del contrario con su propia bola, haciendo que caiga por uno de los agujeros de la mesa o pase por las tablillas, y obteniendo diferente puntuación dependiendo del tipo de golpe ejecutado. Lope se refiere a este juego, por ejemplo, en *La esclava de su galán*: «¿Quién puede en trucos sufrir / dos torneadores crueles / y una mesa sin manteles / con dos varas de medir / (que parecen las casitas / de corral de vecindad), / con mucha curiosidad / tirándose las bolitas?» (Lope de Vega, *La esclava de su galán*, ed. E. Cotarelo, p. 159).
27   *se hace… noria*: los «machos de noria» son los mulos que mueven la rueda de una noria para sacar agua. La expresión de Claridán es una metáfora para referir cómo los hombres pueden insistir una y otra vez en hacer lo mismo, aunque solo implique molestias y ningún beneficio, como puede ser el perder continuamente a la mesa de trucos.
28   *mamelucos*: 'egipcios', pero el término también tiene la connotación de 'necios y bobos', con el que podría estar jugando Riselo dado el sentido burlesco del pasaje.
29   *la tahona*: se trata de un molino de harina que era movido por una mula o macho de carga. Riselo compara este molino con la mesa de trucos, a la que vuelven una y otra vez los jugadores (intercambiando sus puestos y, por tanto, como si estuvieran dando vueltas a la mesa como si de una noria se tratara). Una imagen similar emplea Tirso de Molina: «Los trucos son para el invierno acomodados, pero no para el verano, encerrándonos en una sala, para que demos vueltas a la tahona de una mesa, encendiendo la sangre y helando las bolsas» (Tirso de Molina, *Cigarrales de Toledo*, ed. L. Vázquez Fernández, p. 212).

PRÓSPERO	El ajedrez	30
	es notable.	
CLARIDÁN	De esta vez	
	la noche se va a chacona.	
	Acuéstate ya, por Dios.	
PRÓSPERO	¿Hay cosa como sentados	
	al ajedrez dos honrados,	35
	deshonrándose los dos	
	y diciendo refrancitos?	
RISELO	Es juego de entendimiento	
	y piérdese el sentimiento.	
PRÓSPERO	No hay desatinos escritos	40
	como están diciendo allí.	
RISELO	Cierto que el juego ha de ser	
	juego y no estudio.	
PRÓSPERO	Anteayer	
	jugar unos hombres vi	
	con uno que llaman mallo.	45
RISELO	Para el ejercicio es bueno.	
PRÓSPERO	Tanto ejercicio condeno.	
	¿Callas, Claridán?	
CLARIDÁN	Ya callo	
	por ver si dejas de hablar	
	y te acuestas.	

---

31 *De esta vez*: 'Esta vez'.

32 *la noche... chacona*: la chacona fue un baile muy popular en la España de los siglos xvi y xvii, cuyo estribillo más común incluía los versos «Vida, vida, vida bona, / ¡vida, vámonos a chacona!» (Frenk Alatorre 2006:171), con la idea de 'irse a un lugar feliz'. Claridán recuerda la letra de este baile para invitar a su señor a que lleve la noche a una conclusión alegre yéndose a la cama a dormir.

37 *refrancitos*: aquí, con el sentido de dichos agudos que los jugadores de ajedrez se lanzan mientras juegan una partida.

39 *sentimiento*: 'aflicción, pesadumbre'.

45 *mallo*: se trata de un juego, ligeramente parecido al croquet actual, en que se hacen correr por el suelo unas bolas de madera que se golpean con unos mazos de mango largo con el objetivo de que recorran cierta distancia y entren por el aro de una argolla de hierro situada al otro lado del terreno de juego.

PRÓSPERO	La pelota	50
	es galán.	
RISELO	Ver una sota	
	los pies arriba asomar	
	es juego menos dañoso.	
PRÓSPERO	Si dura una noche u dos	
	es muy dañoso, por Dios,	55
	y a la salud peligroso.	
CLARIDÁN	En fin, ¿ya vueseñoría	
	determina no acostarse?	
RISELO	Querrá de noche esquitarse	
	de lo que pierde de día.	60
PRÓSPERO	¿Qué se hizo Florianica,	
	la de la calle del Pez?	
CLARIDÁN	(Él no duerme de esta vez.)	
PRÓSPERO	¿Está pobre?	
RISELO	No está rica.	
PRÓSPERO	Sospecho que se enamora.	65

---

50 *pelota*: el juego de pelota, antecedente del tenis moderno, estuvo de moda en gran parte de Europa en los siglos XVI y XVII entre capas tanto populares como aristocráticas. Se jugaba a mano abierta, con palas de madera o con raquetas realizadas con cuerdas, bien directamente contra un muro, de manera similar al frontón actual, o sorteando una red, como en el tenis.

51-56 *Ver... peligroso*: Riselo afirma que los juegos de cartas son menos peligrosos que el juego de la pelota, a los que se refiere metonímicamente por medio de la «sota» (v. 51). Esta carta era la que tenía el menor valor de todas las figuras, por lo que era poco apreciada por los jugadores de la época. De ahí que Próspero le conteste que sacar dicha carta durante «una noche u dos» termina siendo muy perjudicial, se deduce que porque tener continuamente una carta tan mala provocaría muchas pérdidas.

54 *u*: el empleo de la variante «u» para la conjunción pese a que la siguiente palabra no comienza por la vocal «o» era un uso aceptado en la lengua del siglo XVII (y popularizado a partir de *Las seiscientas apotegmas* de Juan Rufo [Ramírez de Arellano 1912:98-99]) y que el mismo Lope empleó, como sucede en *El castigo sin venganza* (Lope de Vega, *El castigo sin venganza*, ed. A. García-Reidy, v. 1481), por lo que no puede descartarse que el copista de *Mujeres y criados* siguiera aquí el texto original. Esta variante de la conjunción aparece en otros lugares del manuscrito, como en los vv. 1866 y 1882.

57 *vueseñoría*: variante contraída de la forma de tratamiento «vuestra señoría».

59 *esquitarse*: 'desquitarse'.

62 *calle del Pez*: se trata de una calle del centro de Madrid que baja desde la actual calle Corredera Baja de San Pablo hasta la calle San Bernardo.

RISELO	Mal la tratan los deseos
	de estos hombres con manteos
	que andan en la corte agora.
PRÓSPERO	¿No hablas ya, Claridán?
CLARIDÁN	Estoy durmiendo, señor, 70
	que se va la noche en flor.
PRÓSPERO	¿En pie duermes?
CLARIDÁN	Soy truhan
	que come en pie y duerme en pie.
PRÓSPERO	Ahora bien, dejadme aquí.
CLARIDÁN	¿Iremos a dormir?
PRÓSPERO	Sí. 75
CLARIDÁN	Dios buenos días te dé.

Queda solo el Conde

PRÓSPERO	Cuidados de Claridán
	me han puesto en nuevo cuidado:
	¡notable priesa me ha dado!
	¿Cosa que fuese galán 80
	de mi sujeto amoroso?
	Que celos no lo dijera
	un loco ni amor tuviera
	si no estuviera celoso.
	Vive Dios, que puede ser 85
	que me haya dado esta prisa
	por ver la que no me avisa.
	¿Sin causa, amor? Sin temer

---

86 prisa : presa *M*

67　*manteos*: se trata de un tipo de capa larga con cuello estrecho, usualmente usada por eclesiásticos pero que también emplearon estudiantes y letrados, esos «hombres con manteos / que andan en la corte agora» (vv. 67-68).
71　*en flor*: 'rápidamente'.
77　*cuidados*: 'preocupaciones'.
87　*¿Sin causa, amor?*: entiéndase '¿Sin causa estoy celoso, amor?'.

temo, luego no es sin causa.
¿Que perderé por sabello?   90
Ahora bien, yo quiero vello,
pues temor de amor se causa.
¡Hola, Teodoro! ¡Teodoro!

Sale Teodoro, secretario

TEODORO	Señor, señor.
PRÓSPERO	Entra acá.

¿Quién en mi cámara está?   95

TEODORO	Nadie, que Fabio y Lidoro

se fueron con Claridán
a sus posadas agora.

PRÓSPERO	Yo he de ver cierta señora.

Dame un vestido galán,   100
digo herreruelo y ropilla,
que ansí en valona me iré.

TEODORO	¿Qué acero?
PRÓSPERO	El que me quité,

y aquel broquel de Sevilla.

TEODORO	Voy. (¡Y no con poca pena, 105

mas que ha de ser por mi mal!)

Vase

PRÓSPERO	¿Hase visto priesa igual?

Mas la prevención es buena.

---

93   *Hola*: interjección usada para llamar a los criados en el siglo xvii.
98   *posadas*: los cuartos que había en las casas de los señores destinados a servir de habitaciones de sus criados.
101   *herreruelo*: un tipo de capa corta, con cuello y sin capucha.   *ropilla*: un tipo de vestidura corta con mangas que incluían pliegos en su parte superior, de los cuales colgaban a su vez otras manga sueltas, y que se vestía de manera ajustada al medio cuerpo, sobre el jubón.
102   *valona*: un tipo de cuello grande y vuelto sobre la espalda, hombros y pecho.
103   *acero*: 'espada'.
104   *broquel*: un escudo pequeño de madera o corcho.

Yo sabré si Claridán
sirve lo que sirvo yo. 110
Desde ayer celos me dio.

Vuelva Teodoro

TEODORO Aquí espada y capa están,
ropilla y sombrero.
PRÓSPERO Muestra.
TEODORO ¿Quiere vuestra señoría
mi compañía?
PRÓSPERO (Sería 115
dar de mis flaquezas muestra
y no ha de entender mi dueño
que doy del secreto parte.)

Vístase

TEODORO Bien quisiera acompañarte.
PRÓSPERO No pierdas, Teodoro, el sueño, 120
que seguramente voy.
TEODORO Dios te guíe y con bien vuelva.
PRÓSPERO A esto es bien que me resuelva.

Vase el Conde

TEODORO Celoso del Conde estoy
porque ha más de quince días 125
que mira lo que yo adoro
y los asaltos del oro
son temerarias porfías.
No tengo por hombre cuerdo

---

121 *seguramente*: 'sin riesgo'.
128 *temerarias porfías*: aquí, con el sentido de 'peligrosas insistencias', pues Teodoro considera que la riqueza del Conde puede poner en peligro la fidelidad de su dama.
129-134 *No tengo... voluntad*: la metáfora de la fidelidad amorosa femenina como una fortaleza que sucumbe al oro y el dinero fue un tópico de la literatura del siglo XVII. Pién-

quien del oro no se guarda: 130
no hay petardo, no hay bombarda,
ni de istrumento me acuerdo
    que más brevemente rompa
la puerta a la voluntad,
ni la casta honestidad   135
más fácilmente corrompa.
¿Pero qué puedo perder
en ir a ver si va allá,
pues no me conocerá
aunque me echase de ver?   140
    Ahora bien, estos son celos:
no los quiero dar lugar,
que de no los remediar
vienen a parar en duelos.

Éntrase. Salen Claridán, de noche, y Martes, lacayo

CLARIDÁN   Recorre, Martes, la calle;   145
               mira si hay algún rumor.
MARTES   Solo en la calle, señor,

---

sese, por ejemplo, en el episodio de las bodas de Camacho de la Segunda Parte del *Quijote*: en las fiestas se interpreta una danza parateatral en la cual el personaje del Interés destruye el Castillo del buen recato, que representa la fidelidad y virginidad femenina, por medio de una bolsa llena de dinero: «el Interés sacó un bolsón, que le formaba el pellejo de un gran gato romano, que parecía estar lleno de dineros, y arrojándole al castillo, con el golpe se desencajaron las tablas y se cayeron, dejando a la doncella descubierta y sin defensa alguna» (Cervantes, *Don Quijote de la Mancha*, ed. F. Rico, p. 798).

130   *petardo*: se trata de un aparato de artillería que se empleaba para incendiar y destruir la puerta de una plaza militar asediada. Esta máquina consistía en un tablón grueso o reforzado y un gancho para colgar, sobre el cual se colocaba una especie de campana de bronce rellena de pólvora, que se inflamaba por medio de una espoleta.   *bombarda*: un tipo de cañón de gran calibre.

144*Acot   de noche*: era convención para indicar al público que una escena transcurría de noche el que los actores salieran al escenario llevando antorchas o velas, o bien capas de color, lo que también indicaba que la acción se desarrollaba en un espacio exterior (frente al traje negro que se llevaba en interiores). En este caso, la acción transcurre en las calles de Madrid.   *lacayo*: una clase de criado bajo cuya principal ocupación era la de seguir a su señor para atenderle donde fuera.

146   *rumor*: aquí, con el sentido de 'ruido de voces'.

suena el rumor de tu talle.
Medroso sin causa estás.
Llega y habla descuidado,   150
que va Martes a tu lado,
de Marte una letra más.
   Déjame en aquesta esquina:
verás que tiemblan de mí
cuantos pasan por aquí.   155

CLARIDÁN   A esotra parte camina,
   porque si en esquina estás,
como cédula has de ser,
que te han de querer ver.

MARTES   Parte y no me enseñes más,   160
   que nadie llega de noche
a leer ni a buscar nada.

CLARIDÁN   ¿Si está Violante acostada?

MARTES   Tarde se apeó del coche,
   mas no temas que se duerma   165
mujer con amor.

CLARIDÁN   Yo llego.

MARTES   (Y yo de miedo me anego,
   que es aquesta calle yerma
y, en habiendo cuchilladas,
no hay barbero ni varal;   170

---

148   *talle*: 'apariencia, disposición física'.
149   *Medroso*: 'Temeroso'.
150   *descuidado*: 'sin preocupación'.
156   *esotra*: contracción de «esa otra».
158-159   *como... ver*: una «cédula» (v. 158) es el nombre que podía recibir cualquier hoja de papel escrita. Con frecuencia se pegaban cédulas en las esquinas y muros de las calles para anunciar la venta de bienes o para que las personas en busca de trabajo ofrecieran sus servicios. De ahí que Teodoro compare a Martes con las cédulas si se queda a una esquina a la vista de todo el mundo, pues atraería la atención de la gente que pasara por ahí.
160   *me enseñes*: 'me des lecciones acerca de cómo comportarme'.
168   *yerma*: 'vacía'.
169   *cuchilladas*: 'peleas, riñas'.
170   *barbero*: en el siglo XVII los barberos también realizaban pequeñas operaciones de cirugía, sobre todo en forma de sangrías.   *varal*: un tipo de vara larga y gruesa.

que en todo este lienzo igual
están las puertas cerradas
  y es gran cosa en las pendencias
la horquilla de las bacías.)
CLARIDÁN   ¿Estáis solos, celosías?   175

Violante, en lo alto

VIOLANTE   Cuando hay celos en ausencia
                no se duerme tan despacio.
CLARIDÁN   Bien sabéis vos la disculpa
              que reserva de la culpa
              a los hombres de palacio.   180
                No se quería acostar
              el Conde. ¿Qué había de hacer?
VIOLANTE   No hay en amor qué temer
              sino solo el disculpar,
                que parece que las culpas   185
              a que ya el amor condena
              dan a veces menos pena
              que el pasar por las disculpas.
                Mañana iremos mi hermana
              y yo a tomar el acero.   190

---

171   *lienzo*: 'fachada de un edificio'.
174   *la horquilla de las bacías*: esta «horquilla» es la escotadura semicircular que generalmente tenían las bacías o recipientes cóncavos que empleaban los barberos al afeitar o hacer sangrías. Dado que esta apertura semicircular en la bacía dejaba un par de puntas, Martes se refiere a ellas como si pudieran servir de arma, además de servir la bacía para ayudar a curar una herida.
175   *celosías*: el enrejado de listoncillos de madera o metal que se ponía en las ventanas para que las personas del interior de la casa pudieran ver sin ser vistas.
175*Acot   en lo alto*: la actriz que interpretara a Violante se asomaría al corredor del primer piso de la fachada del escenario como si estuviera asomándose a la calle desde la ventana de una casa.
177   *tan despacio*: 'continuamente, durante mucho tiempo'.
179   *reserva*: 'dispensa, justifica'.
190   *tomar el acero*: se llamaba «tomar el acero» a un tratamiento médico que consistía en beber un medicamento elaborado con agua ferruginosa, seguido de un paseo de una hora o

CLARIDÁN	Y yo en esta noche espero
	esa dichosa mañana.
	¿Está acostada? ¿Qué hace?
VIOLANTE	De cansada se acostó.

Entra el Conde

CONDE	(Nunca el temor engañó,	195
	que de amor celoso nace.	
	¡En la reja está, por Dios!)	
MARTES	(Un hombre viene embozado;	
	muy ancho viene y cuadrado.	
	¿Uno dije? Mas son dos.	200
	¿Qué digo dos? ¡Tres parecen!	
	Yo me escurro por aquí.)	
CONDE	(Claridán habla, ¡ay de mí!	
	Mis celos se lo merecen,	
	pero bien pudiera ser	205

---

dos antes del amanecer para ayudar a la eficacia de la medicina. La toma de acero se consideraba el remedio contra la opilación, una enfermedad semejante a la anemia que suponía la pérdida de la menstruación en las mujeres. Como dicha enfermedad provocaba palidez en el rostro, había mujeres pudientes que se provocaban la opilación a propósito ingiriendo cierto tipo de tierra arcillosa —conocida como búcaro portugués— para así conseguir esta tez pálida, considerada la más hermosa según los cánones estéticos de la época. Dada la popularidad de esta práctica, se encuentran referencias a la toma del acero en diversos textos de los siglos XVI y XVII, entre los que destaca la comedia de Lope inspirada en ella, *El acero de Madrid*. En el caso de la comedia que nos ocupa, se revelará más adelante (vv. 400-426) que, aunque Luciana y Violante toman el acero por indicación de su padre (quien considera que Luciana sufre de cierta palidez, v. 485), fingen hacerlo en realidad para tener la excusa de salir a pasear y así poder encontrarse con sus amantes, lejos de la mirada de su padre. El personaje de la falsa opilada, por su popularidad, también se convirtió en un tópico de la tradición literaria áurea (Arata 2000:30-35).

195Per CONDE: nótese cómo hasta el momento la didascalia empleada para denominar a este personaje era su nombre propio (PRÓSPERO), pero desde este momento en adelante el manuscrito emplea de manera consistente la didascalia CONDE. Parece verosímil pensar que este cambio figuraba en el manuscrito original de Lope.

198 *embozado*: 'con el rostro cubierto hasta las narices u ojos con una capa o pieza similar de ropa'.

199 *muy ancho... cuadrado*: es decir, 'de complexión fuerte y vigorosa'.

que no hablase con Luciana.
¿Cómo sabré si es su hermana
por no darme a conocer?
 Pero fingiré un engaño.)
¡Ay, que me han muerto!

CLARIDÁN   Señora,   210
Martes, mi lacayo agora
y valiente por su daño,
 se ha quejado. Voy allá,
que me guardaba la calle.

VIOLANTE   No os pongáis por remedialle,   215
si en tanto peligro está,
 a donde os cueste la vida.
Llena quedo de temor.

            [Vase Claridán.] Entra el Conde por otra parte

CONDE   (¡Las invenciones de amor
con que sus celos olvida!   220
 Ahora bien, quiero llegar.)
¡Ah de la reja!

VIOLANTE   ¿Quién es?

CONDE   Claridán, que por los pies
nunca pretendo alcanzar
 lo que no puede la espada.   225
 Bien podéis, Luciana, hablarme.

VIOLANTE   Bueno venís a engañarme,
el alma y la voz trocada,

---

207   *por*: aquí tiene el valor final de 'para'.
212   *por su daño*: 'en su perjuicio', pues es Martes quien supuestamente arriesga su vida
para proteger a Teodoro.
218*Acot   por otra parte*: esta acotación da a entender que el actor que interpretara a Claridán saldría por una puerta lateral del fondo del escenario distinta a donde se encontraba
el actor que interpretara al Conde (véase 194*Acot*). Es posible también que el actor que
interpretara al Conde hubiera hecho ruido para llamar la atención de Claridán (v. 210) en
una de las puertas laterales del escenario y aprovechara para ahora salir por la puerta
opuesta.

que ni vos soi[s] Claridán
ni yo Luciana.

CONDE   (Los cielos   230
han sosegado mis celos,
que es de Violante galán.)

VIOLANTE   Caballero, no os conozco
y, así, os cierro la ventana.

CONDE   Cerrad, pues no sois Luciana,   235
que en la voz os desconozco.

Sale Claridán

CLARIDÁN   (¿Tan presto ocupó el lugar
otro galán? Es[a] esgrima
algún agravio le anima,
que aún no me dejó asentar.   240
   Huyó Martes, que hasta el lunes
alcanzarle no podré.
Vuelvo al puesto que dejé
y hallo los pastos comunes,
   pues que me impiden el paso.)   245
¡Ah, caballero!

CONDE   ¿Qué quiere?

CLARIDÁN   Que la que espera no espere
si espera en tal casa acaso.

CONDE   Aquí esperaba un crïado
que me pareció infiel   250

---

238 esa esgrima : es esgrima *M*

238   *esgrima*: aquí el término parece tener el sentido metafórico de 'habilidad'.
240   *asentar*: 'llegar a ocupar un espacio', pues el Conde ya se había marchado del lugar a donde había atraído a Claridán con su grito. Se supone que Claridán piensa que el ruido que ha escuchado lo ha provocado el galán que ahora ve hablando con Violante, el cual estaría actuando por algún tipo de «agravio» (v. 239) y por eso actuaría tan rápidamente (vv. 237-240).
244   *hallo los pastos comunes*: 'encuentro la calle compartida, con otra persona'.
245   *pues que*: aquí tiene el valor concesivo de 'aunque'.

y ya estoy mejor con él
porque estoy asegurado.

    Que dejándome acostar,
pensé que a servir venía
la dama a quien yo servía,   255
pero púdeme engañar.

    No es de quien yo pensé amante;
mi imaginación fue vana,
porque yo sirvo a Luciana
y Claridán a Violante.   260

CLARIDÁN   ¿Es el Conde, mi señor?

CONDE   El mismo.

CLARIDÁN   ¡Señor!

CONDE   Detente,
pues ya sabes claramente
qué estado tiene mi amor.

    Violante te quiere a ti: 265
dile que ablande a Luciana,
que Luciana por su hermana
hará lo que ella por ti,

    y no seré mal amigo
para venir a tu lado,   270
porque de Luciana amado
vendré de noche contigo.

    Harto he dicho, Claridán;
ha buenas noches.

CLARIDÁN   Señor,
iré contigo.

CONDE   El favor   275
que en esas rejas te dan
no le has de perder por mí.
Yo sé lo que es.

---

252 *asegurado*: es decir, que el Conde está ahora seguro de que Claridán no está galanteando a la misma dama a la que él desea, sino a su hermana Violante (como se explica a
continuación, en los vv. 253-256).

253 *dejándome acostar*: 'dejándome listo para acostarme'.

CLARIDÁN	Señor...
CONDE	Tente,

goza la ocasión presente.
Quédate, quédate aquí.   280

Vase el Conde

CLARIDÁN   Obligado me ha dejado,
aunque puesto en confusión.
¿Mas cuándo amores no son
la misma pena y cuidado?
    Él quiere bien a Luciana   285
y ya sabe mi deseo.

Sale Teodoro

TEODORO   (¡El Conde es este! ¿Qué veo?
No fue mi esperanza vana.
    ¡A la puerta está! ¿Qué haré?
Cierta fue mi desventura.   290
    ¿Hay ya costante hermosura
donde no hay verdad ni fe?)

CLARIDÁN	¿Quién va?
TEODORO	Quien acaso pasa.
CLARIDÁN	Pues pase si pasa acaso.
TEODORO	Supuesto que acaso paso,

hay cosas en esta casa   295
    que me pueden detener.

CLARIDÁN   Pues no se detenga en ella
porque sabré defendella.

TEODORO	Y yo le sabré ofender.

300

CLARIDÁN	¿Es Teodoro?
TEODORO	¿Es Claridán?

_____
295   *Supuesto que*: 'Aunque'.

CLARIDÁN	Claridán soy.
TEODORO	Yo, Teodoro.
CLARIDÁN	Si ha de guardarse el decoro

a un dueño amante y galán,
 bien puedo yo defenderte   305
que no llegues a esta casa.

TEODORO   Sospechando lo que pasa
he venido a ver mi muerte.

CLARIDÁN   El Conde se va de aquí
y me contó que a Luciana   310
adora, y que yo y su hermana
se lo digamos ansí
 me pidió con humildad,
que le obliga a acompañarme.
Yo no supe disculparme,   315
puesto que nuestra amistad
 me daba voces, Teodoro,
que el Conde es señor, en fin.

TEODORO   El Conde será mi fin.
¡Muero y a Luciana adoro!   320

CLARIDÁN   Si con él te descompones,
Teodoro, todo lo pierdes
y ruégote que te acuerdes
solo de estas dos razones:
 Luciana te quiere a ti   325
para marido y su igual;
si al Conde tratase mal,
ha de llover sobre ti.

303-306   *Si ha de... esta casa*: la referencia al «decoro» (v. 303) debe entenderse en el sentido de que Claridán preferiría que su amigo Teodoro no descubriera que tiene en el Conde
un contrincante amoroso que galantea también a Luciana, lo que podría poner en peligro
el honor o decoro de Teodoro.

314   *que... acompañarme*: 'lo que le impulsa a acompañarme en mis galanteos'.

316   *puesto que*: aquí, como en otros lugares de esta obra, tiene el valor concesivo de 'aunque'.

321   *te descompones*: 'pierdes la confianza'.

328   *ha de llover sobre ti*: aquí la expresión tiene el sentido de 'has de sufrir las consecuencias'.

Si estas mujeres, tú y yo
le engañamos, y Luciana 330
le trae de hoy a mañana,
¿qué amante no se cansó?
    Ya sabes que los señores
sufren dilaciones mal;
pues viendo que es inmortal 335
el fin de aquestos amores,
    ha de mudar de opinión.
Tú, pues, firme en la estacada,
gozarás sin perder nada
el premio de tu afición. 340

TEODORO   Bien dices. No quiero ser
necio en no admitir consejo.
Mi honor en tus manos dejo.

CLARIDÁN   Ya comienza a amanecer,
    pero yo sé que saldrán 345
mañana a tomar su acero.
Allí hablarás.

TEODORO   ¿Qué más fiero
que el dar celos, Claridán?

CLARIDÁN   Ven, mudaremos vestido
y fía, que si mujer 350
llegó a querer, no hay poder
para contrastar su olvido;
    que si en las que no son tales
suele mostrar su valor,
¿qué efetos hará el amor 355
en mujeres principales?

---

331   *le trae... mañana*: 'le da largas un día tras otro'.
335-336   *es inmortal... estos amores*: 'el galanteo nunca llega a su fin, nunca es recompensa-
do con el amor de la dama'.
338   *estacada*: 'defensa'.
347-348   *¿Qué más fiero... celos?*: '¿Qué cosa hay más terrible que dar celos?'.
350   *fía*: 'confía'.
352   *contrastar su olvido*: 'para comprobar o provocar su olvido'.

Vanse y sale Florencio, viejo

FLORENCIO   ¿Tiene dueño esta casa? ¡Hola, criados!
               ¡Lope, Laurencio, Inés! ¡Ah, gente! ¡Hola!
               Por fuerza ha de salir el sol primero.

Sale Lope, lacayo, vistiéndose

LOPE   ¡Dios me deje llegar a tus setenta!   360
               Todos los viejos sois madrugadores;
               debe de ser que, como poco os queda,
               no debéis de querer pasarlo en sueños,
               fuera de que es imagen de la muerte
               y no queréis temerla de esa suerte.   365
FLORENCIO   Engáñaste, inorante, que los gallos
               madrugan mucho más y son más mozos,
               y lo mismo las aves y animales,
               a quien enseña la Naturaleza;
               que el hombre duerme más de lo que es justo   370
               porque es vicioso y no porque es robusto.
LOPE   La humidad de que abundan los muchachos
               del sueño es causa, y no tenerla un viejo
               es por la sequedad.

356*Acot   viejo*: la práctica escénica del siglo XVII recurría a una serie de convenciones escénicas para representar a los diversos tipos de personajes que protagonizaban las comedias. En este caso, la figura del «viejo» corresponde a la figura paterna, que solía representarse como alguien con barba, y que llevaría un estilo de ropa diferente de los actores que interpretaban a los galanes.
360   *setenta*: 'setenta años'.
364-365   *fuera... suerte*: la identificación del sueño como imagen de la muerte es un tópico literario que hunde sus raíces en la literatura clásica (Curtius 1988:II, 203-211). En este pasaje, Lope se pregunta si los viejos madrugan tanto porque así evitan enfrentarse a su cercana muerte bajo forma del sueño.
372-374   *La humidad... la sequedad*: Lope recurre a la teoría clásica, desarrollada inicialmente por Aristóteles en su obra Περὶ οὐρανοῦ (*Acerca del cielo*), de que la naturaleza estaba compuesta por cuatro cualidades primarias fundamentales (frío, calor, humedad y sequedad), que podían combinarse entre sí para formar distintas parejas y dar lugar a los cuatro elementos. Esta idea se vinculó posteriormente a la teoría fisiológica de los humores, desa-

FLORENCIO   ¡Gentil filósofo!
                Mira que han de ir al campo esas doncellas.   375
LOPE   Inés, señor, podrá decirte de ellas.

                              Sale Inés

INÉS   Por cierto, que madrugas los vecinos
                con las voces que das.
FLORENCIO   Inés, despierta
                a Violante y Luciana, que es muy tarde.
INÉS   Vistiéndose están ya.
FLORENCIO   ¡Qué buen acero!   380
                El sol entrado, ya llamarlas quiero.

                              [Vase Florencio]

LOPE   Sea vuesamerced bien levantada.
INÉS   Vuesamerced mal levantado sea,
                que parece en la cara testimonio.
LOPE   ¿Hase dormido bien?

_____

376Per LOPE : *om* M

rrollada sobre todo por los médicos Hipócrates y Galeno. De acuerdo con estas ideas, el cuerpo humano estaba compuesto de cuatro sustancias básicas (bilis amarilla, bilis negra, flema y sangre), llamadas humores, cuyo equilibrio era necesario para la buena salud. Con el desarrollo de esta teoría se terminó por asociar el desequilibrio de estos humores con el temperamento de las personas, diseñándose una equivalencia entre la dominancia de un humor específico y los rasgos de carácter de cada individuo. Estas ideas asociaron la juventud con la humedad («la humidad») y la vejez con la sequedad, como recoge el médico Juan de la Torre y Valcárcel en su obra *Espejo de la filosofía y compendio de toda la medicina teórica y práctica* (Amberes, Imprenta Plantiniana de Baltasar Moreto, 1668, ff. 15v-16r): «la adolescencia y juventud son edades absolutamente húmedas a predominio. [...] Mientras más se apartan las edades de su principio, pierden más la humedad y adquieren sequedad, como se ve en la sequedad de los viejos». Al mismo tiempo, era también bastante común en la época la idea de que el sueño estaba motivado por la humedad corporal: «las vigilias inmoderadas, de las cuales es causa la sequedad, como del sueño la humedad» (Juan Martínez de Zalduendo, *Libro de los baños de Arnedillo, y remedio universal*, Pamplona, Francisco Antonio de Neira, 1699, p. 166).

377   *Por cierto*: 'ciertamente'.
384   *que parece... testimonio*: 'que el rostro es prueba de haber tenido una mala noche'.

| INÉS | Bastantemente. | 385 |

INÉS   Bastantemente.   385
LOPE   Por acá no dejó cierto acidente.
INÉS   Falta salud.
LOPE   Amor es el que sobra,
que aun hasta en el dormir sus deudas cobra.
¿Soñó vuesamerced?
INÉS   Soñé.
LOPE   ¿Qué sueño?
INÉS   Jardines, aguas, flores, fuentes, ríos.   390
LOPE   En agua pocas veces son los míos.
Yo soñé toros.
INÉS   Mal agüero.
LOPE   ¡Y cómo!
Y más que por las casas me seguían
y en los zaquizamíes se subían.
¿Sabe vuesamerced lo que interpreta?   395
INÉS   Vuesamerced no es hombre de ganado
vacuno ni ovejuno ni obligado.
Advierta que señala hacia la frente...
LOPE   Decile voy, señora Inés...
INÉS   Detente,
que salen nuestros amos.

Salen Violante y Luciana y Florencio, viejo

LUCIANA   No te espantes   400
que de la cama no salgamos antes,
que tomamos por fuerza aqueste acero.
FLORENCIO   Parte, Lope, por él.
LOPE   Parto ligero.

---

386 *acidente*: 'enfermedad'.
394 *zaquizamíes*: 'desvanes'.
397 *obligado*: 'el encargado de abastecer a una población de algún bien, como carne'.
398 *Advierta... la frente*: Inés interpreta burlescamente el sueño de Lope al indicar que, si ha soñado con toros y él no está relacionado con el mundo del ganado (vv. 396-397), en tal caso la conexión con dichos animales radicaría en que es un cornudo («[el sueño] señala hacia la frente»).

[*Vase Lope*]

FLORENCIO   Si os ha de hacer provecho el ejercicio
que algunas en Madrid toman por vicio,   405
¿para qué usáis el ir al campo?
VIOLANTE   Ninguna vez en él la planta estampo
que no venga cansada para un año.

Lope con dos vasillos dorados en una salva

LOPE   Aquí están las dos pócimas: ¡mal año
para quien tal bebiera! Aun si esto fuera   410
acero de Alaejos o de Coca,
¿pudiera un hombre perfilar la boca?
¿Pero récipe, gazmios y colondrios

404-405   *el ejercicio... por vicio*: alusión de Florencio a la práctica de algunas mujeres de la época de tomar el acero («el ejercicio») tan solo para conseguir una tez blanquecina, considerada signo de belleza femenina en la época.
408*Acot   salva*: 'una bandeja con una o varias encajaduras donde se aseguran la copas que se sirven en ella'.
411   *acero... Coca*: las villas vallisoletanas de Alaejos y Coca eran reputadas por la excelente calidad de sus vinos (Herrero García 1933:47-49). Los elogia Lope en *Los Ramírez de Arellano* («¿Ya no sabes el licor / que esos lugares benditos / encierran en sus distritos?», Lope de Vega, *Los Ramírez de Arellano*, ed. M. Menéndez Pelayo, p. 591), y los mencionan también Cervantes, en su novela *El licenciado Vidriera* («Y habiendo hecho el huésped la reseña de tantos y tan diferentes vinos, se ofreció de hacer parecer allí, sin usar de tropelía, ni como pintados en mapa, sino real y verdaderamente, a Madrigal, Coca, Alaejos, y a la Imperial más que Real Ciudad», Cervantes, *Novelas ejemplares*, p. 271), y Tirso de Molina, en *La villana de la Sagra* («ni se vende aquí mal vino, / que a falta de Ribadavia, / Alaejos, Coca y Pinto, / en Yepes y Ciudad Real, / San Martín y Madrigal / hay buen blanco y mejor tinto», Tirso de Molina, *La villana de la Sagra*, ed. A. Hermenegildo, vv. 631-636). Quevedo, en su letrilla «Punto en boca», menciona a Alaejos y Coca como sinónimos de calidad y cosa deseada: «y el dinero del galán / es carne, es sangre y es pan, / es Alaejos y Coca» (Francisco de Quevedo, *Obra poética*, ed. J. M. Blecua, vol. II, p. 162, vv. 8-10). La idea del criado Lope es que el acero, aunque fuera de máxima calidad al ser hecho en Alaejos o Coca, es una bebida de sabor horrible y, por tanto, nadie lo tomaría gustosamente.
412   *perfilar la boca*: es decir, beber de tal manera que quede marca en los labios del líquido que se ha bebido.
413   *récipe*: 'receta médica'.   *gazmios*: la palabra parece tener aquí el sentido de «cadmía», un 'sublimado metálico adherido a una chimenea o a la bóveda de un horno', término con el que estaría relacionado etimológicamente (Galiano 1969:34). Lope emplea esta palabra en

para los entestinos hipocondrios?
Beba el boticario que a él se debe,   415
que él solamente sabe lo que bebe.

Toma cada una su vaso

INÉS   Allí te llama cierto forastero.
FLORENCIO   Luego vuelvo.

[Vase Florencio]

LUCIANA   Pues ya se fue mi padre,
toma estos vasos, Lope, y en la calle
arroja su licor.

LOPE   ¡Qué bien has hecho!   420
[LUCIANA]   Para el fuego de amor que hay en mi pecho
no es esta la templanza y medicina.

INÉS   Yo le engañé porque de aquí se fuese,
de lástima de veros con las pócimas.

VIOLANTE   Daca los mantos presto, que ya creo   425
que nos aguarda amor con más deseo.

Vuelve Florencio

FLORENCIO   No hallé nadie en la sala.

INÉS   Debió de irse.

421Per   LUCIANA : *om* M *El sentido de los vv. 421-422 no se ajusta al personaje de Lope y sí al de una de las dos hermanas. Puesto que Luciana es quien ha dado la orden de arrojar el acero (vv. 418-420), parece lógico que sea ella quien recite estos versos.*

otras obras, aunque con el sentido de 'rufián', como en *Servir a señor discreto*: «ELVIRA pues sepa que de esas tachas / sabe el cura de mi aldea. / GIRÓN ¿Que tiene su gazmio ella?» (Lope de Vega, *Servir a señor discreto*, v. 1352).   *colondrios*: no he localizado el uso de este término en ninguna otra obra de la época. Por el pasaje, debe hacer referencia a alguna sustancia ferruginosa.
418   *Luego*: 'Enseguida'. Era el sentido que tenía esta palabra en el siglo XVII y así se emplea en diversos lugares de esta comedia (véanse, por ejemplo, los vv. 882, 971 o 991).
425   *Daca*: 'Dame acá'.

FLORENCIO	¿Tomastes el acero?
LUCIANA	Solamente

pudiera la salud ponernos ánimo.
¡Qué cosa tan amarga!

FLORENCIO   Advierte, hija,   430
que la salud, que el cuerpo regocija,
se ha de cobrar por medios que dan pena.
Esto el dotor por vuestro bien ordena.
Vaya Lope [y] Inés; que os acompañen.

VIOLANTE   Guarde el cielo tu vida.

Vanse

FLORENCIO   Hasta que vea   435
vuestro remedio, que es lo que desea
mi corazón, que tiernamente os ama.
¡Ah, cuidados de padre, bien os llama
solicitud del alma el que os conoce,
pues de quietud no puede ser que goce   440
en tanto que no llega su remedio!
Ansí apretáis la vida puesta en medio.

Salen Emiliano, viejo, y don Pedro, su hijo

EMILIANO   Muchos años gocéis, Florencio amigo,
los ángeles que agora vi tan bellos
como dos soles ir al campo, y digo   445
que os tuve envidia —y con razón— por ellos.

---

428 *Tomastes*: 'Tomasteis'. Esta forma verbal que no diptonga la vocal final (variante etimológica derivada de la desinencia latina *-vistis*) seguía en uso en la lengua del siglo XVII.
438 *cuidados*: 'preocupaciones'.
439 *solicitud*: 'diligencia, actividad'.
441 *su remedio*: alusión al matrimonio de las hijas, que es el «remedio» de las preocupaciones paternas al pasar ellas tras su boda a estar bajo responsabilidad de sus esposos.
442 *puesta en medio*: 'en desorden', y también porque la vida de don Pedro está en medio de sus preocupaciones por sus hijas.

FLORENCIO	Emiliano, a solas hoy conmigo
	solícito traté el remedio de ellos,
	que os juro que me ponen en cuidado,
	de su edad triste y de la mía cansado.

450

EMILIANO	Si tuviera dos hijos yo os quitara
	todo el cuidado. La mitad que puedo
	os ofrezco en don Pedro.
FLORENCIO	Y yo estimara
	mi buena dicha a que obligado quedo.
EMILIANO	Aunque fuera razón que os visitara

455

por las obligaciones en que ecedo
a los demás amigos, este día
propio interés es la visita mía.
      ¿Conocéis a mi hijo?

FLORENCIO	No le he visto,
	que yo me acuerde.
EMILIANO	Llega, Pedro, y besa

460

las manos de Florencio.

DON PEDRO	Si os conquisto
	con vuestro justo amor, tan alta empresa,
	de todas las estrellas soy bienquisto.
EMILIANO	Es mozo que valor y honor profesa.
FLORENCIO	Es vuestro hijo, que con esto siento

465

lo más de su valor y entendimiento.

DON PEDRO	Soy vuestro servidor, que de ese nombre
	mi padre, yo y mi casa nos honramos.
EMILIANO	Es Pedro muy cortés y gentilhombre,
	ejemplo allá de su quietud sacamos,

470

cuerdo en las paces y en las armas hombre;
pero si con Violante le casamos,
a quien inclinación notable muestra,
mucho se ha de aumentar la amistad nuestra.

---

456   *ecedo*: 'excedo'.
463   *bienquisto*: 'estimado, apreciado'.

FLORENCIO	Yo, puesto que soy padre, Emilïano,	475
	y he de ganar en cambio semejante,	

FLORENCIO   Yo, puesto que soy padre, Emilïano,   475
y he de ganar en cambio semejante,
no puedo dar el sí, palabra y mano
hasta saber el gusto de Violante.
   Yo pienso que estará seguro y llano,
por lo menos en viéndole delante,   480
que las doncellas son de buen contento
y en don Pedro hay valor y entendimiento.
   Ellas han ido al campo esta mañana
a tomar el acero provechoso,
que anda quebrada de color Luciana.   485
Aguardar ocasión será forzoso.

EMILIANO   Tanto don Pedro en merecerla gana
que esperará mil siglos codicioso,
cuanto y más a que venga del acero.

DON PEDRO   (¡Más ha de un año que este bien espero!)   490

EMILIANO   ¿Pensáis que es Pedro como algunos mozos
del uso de este tiempo, sin consejos,
que apenas tienen los primeros bozos
y ya de enfermedad parecen viejos?
No es tu[r]bador de los ajenos gozos   495
ni de sí le enamoran sus espejos;
no es fábula y chacota de las damas
ni historiador de las ajenas famas;
   no presume saber lo que no sabe
ni está en las partes públicas inquieto.   500
Sello en el alma y en la boca llave

---

479   *llano*: 'conforme'.
489   *cuanto y más*: 'especialmente'.
493   *bozos*: 'el vello que aparece en los jóvenes en el labio superior antes de que les crezca la barba'.
494   *enfermedad*: la «enfermedad» a la que se refiere Emiliano es la de los jóvenes modernos que actúan de acuerdo con «el uso de este tiempo» (v. 492).
495   *No es... gozos*: es decir, que no galantea a las damas de otros caballeros.
497   *no es... las damas*: 'no es objeto de hablillas o de burlas por parte de las damas'.
498   *ni historiador... famas*: 'no es murmurador'.
501-502   *Sello... discreto*: esto es, que sabe guardar secretos y actuar de manera discreta.

le ha puesto un proceder cuerdo y discreto.
Con los amigos es blando y süave;
publica el bien y tiene el mal secreto;
huye de necios y venera sabios.   505
FLORENCIO   Basta que sepa reprimir los labios.
EMILIANO   Estudió su poquito: latín sabe.
FLORENCIO   Bien hacéis en loar lo que habéis hecho.
DON PEDRO   Soy desigual a pretensión tan grave,
mas supla el alma lo que falta al pecho.   510
EMILIANO   El amor bien permite que le alabe
y más cuando pretendo su provecho.
FLORENCIO   Vamos a entretenernos entretanto.
DON PEDRO   Justo es mi amor. ¡Socorro, cielo santo!

Éntrense y salgan Claridán, Teodoro y Martes

CLARIDÁN   Entretanto que esperamos,   515
preguntalde cómo huyó.
TEODORO   No me atrevo.
CLARIDÁN   ¿Por qué no,
mientras en el campo estamos?
TEODORO   Martes, dice Claridán
que no sois Marte en la espada   520
y que en tomar la posada
sois más cierto que galán,
pues, dejándoos en la esquina,
temblando en casa os halló.
MARTES   Eso me merezco yo   525
por no haber sido gallina,
que, si no fuera por mí,
le hubieran hecho pedazos
a puros pistoletazos.

---

503   *blando y süave*: 'de trato apacible'.
516   *preguntalde*: 'preguntadle', por metátesis. Esta forma del imperativo con pronombre
todavía era utilizada en la lengua literaria del siglo XVII y aparece en otros lugares de *Mu-*
jeres y criados.

TEODORO	¡Válgame Dios! ¿Cómo así?	530
MARTES	Diez hombres contra él venían:	

los once eran montanteros
y los trece rodeleros,
sin cuatro o seis que traían
    ricas pistolas francesas.   535
Salgo al paso y en el puente,
como el romano valiente,
a puras puntas espesas
    los detengo y hago huir:
sígolos, derribo, mato.   540
Y como es justo el recato
y temer hombre el morir
    a manos de la justicia,
en casa quise esconderme
y, escondido, defenderme   545
    de la escribanil codicia.

TEODORO	¿Pues cómo nadie os hirió	
	con tanta espada y pistola?	
MARTES	Luego fue una herida sola.	
TEODORO	¿Pues quién tan presto os curó?	550

---

532 *montanteros*: hombres que luchan con montantes o espadones que había que esgrimir con ambas manos.

533 *rodeleros*: hombres que llevaban rodelas, un tipo de escudo redondo y delgado.

535 *pistolas francesas*: estas armas tenían buena fama en la época y Lope se refiere a ellas en otras obras suyas, como *Don Lope de Cardona* («Tahalí de lobo marino / con dos pistolas francesas», Pianca, 1961:II, 137). Véase Montesinos [1922:208].

537 *el romano valiente*: alusión a Horacio Cocles, héroe mítico romano al que la leyenda situó en el siglo vi a. C. Su gesta consistió en proteger la entrada a Roma por el puente Sublicio e impedir él solo que el ejército etrusco pudiera usarlo para cruzar el Tíber. Entretanto, sus compañeros de armas derribaron el puente para inutilizarlo y Horacio se puso a salvo saltando al río y cruzando a nado hasta la otra orilla. La historia la recoge, entre otros, Tito Livio en su *Ab urbe condita* (II, 10).

545-546 *defenderme... codicia*: alusión al tópico de la época de que la única manera de salir airoso de la justicia era sobornando a los escribanos y alguaciles encargados de ejercer la ley. De ahí que Martes afirme que huyó a su casa para evitar ir a la cárcel y tener que pagar a los escribanos para salir de ella.

MARTES	Hay lindos ensalmadores
	que, con solo hablar en griego,
	zurcen como paño luego
	los desgarrones mayores.
	¿No los has visto ensalmar?	555
TEODORO	¿Y vienen de Grecia?
MARTES	No,
	que acá lo aprenden y yo
	lo quiero agora estudiar.
	Sabré que se llama el pan
	panarra y vinorre el vino.	560
CLARIDÁN	¡Dejad ese desatino!
TEODORO	¡Por vida de Claridán,
	que güelgo de este borracho!
CLARIDÁN	Violante y Luciana vienen.
TEODORO	Nuevo olor las flores tienen.	565
MARTES	No dijera más un macho.
TEODORO	¡Calla, bestia!
MARTES	Callaré.

Violante, Luciana, Lope y Inés

VIOLANTE	Ellos son, Luciana.
LUCIANA	Ya
	sé que Teodoro aquí está
	porque al llegar me turbé.	570
CLARIDÁN	Convidar con lo que es prado
	a las que son primaveras

---

551   *ensalmadores*: Martes juega con la dilogía de esta palabra, pues los ensalmadores eran las personas encargadas de componer los huesos dislocados o rotos, pero también las personas que se creía que curaban con ensalmos. De ahí que a continuación afirme burlescamente que estos curadores, con solo echar un salmo «en griego» (v. 552), son capaces de curar grandes heridas («desgarrones mayores», v. 554) tan fácilmente como si remendaran ropa («zurcen como paño», v. 553).

559-560   *el pan... el vino*: Martes recurre aquí a una especie de pseudogriego para referirse al pan y al vino («panarra» y «vinorre») de manera cómica.

no será justo en riberas
que habéis honrado y pisado.
    Vuestra es el agua y las flores,   575
y las sombras vuestras son.

MARTES   (¡Estremada introdución
para un libro de pastores!)

VIOLANTE   Los campos mejor serán
para los mayos y abriles,   580
que en vuestros talles gentiles
entrambos meses están.
    Tomad si queréis asientos,
que a fe que estamos cansadas.

TEODORO   ¿Con el silencio me agradas?   585
¿No te da el verme contento?

LUCIANA   Amor lo sabe, Teodoro,
pero, suspensa en mirarte,
no he dado a la lengua parte;
solo en los ojos te adoro.   590

TEODORO   Árboles, dadme licencia
que en vuestra corteza escriba
porque crezca y porque viva
esta palabra en mi ausencia;
    cuando en sus bosques Medoro,   595
no con tan dichosa estrella,
puso por su amada bella
«solo en los ojos te adoro».

577-578 *¡Estremada... pastores!*: Martes se burla aquí del piropo que Claridán dirige a las dos hermanas por recurrir a una serie de alusiones bucólicas («prado», «primaveras», «riberas», «agua», «flores» y «sombras»), más propias de los paisajes idealizados que caracterizan las novelas pastoriles que se pusieron de moda en el siglo XVI.

589 *no he dado... parte*: 'no me he permitido hablarte'.

595-598 *cuando... adoro*: el sarraceno Medoro es uno de los personajes que aparece en el *Orlando furioso* (1532) de Ludovico Ariosto. Herido en una batalla, fue encontrado por la hermosa Angélica, quien lo atendió y cuidó en una cabaña en el campo hasta que se recuperó, lo que les llevó a enamorarse el uno del otro. Ambos escribieron sus nombres en las cortezas de los árboles como muestra de su amor, lo que posteriormente contribuyó a que el caballero Orlando descubriera estos amores de Angélica y se volviera loco, tal y como cuenta Ariosto en el canto 23 de su poema. Véanse, por ejemplo, los siguientes versos en

LUCIANA	Dejad la daga, que ya	
	son esas muchas finezas,	600
	ni escribas en las cortezas	
	la que en las almas está.	
	Pagar amor es amor.	
CLARIDÁN	¿Qué dices de esto, Violante?	
VIOLANTE	Que es pintor un tibio amante,	605
	que en lejos pone el favor.	
CLARIDÁN	También yo me suspendí.	
LOPE	¿Y ella cómo calla, hermana?	
	De Inés se ha vuelto semana,	
	que tiene el martes aquí.	610
	No puede esperar buen pago	
	de este amor una mujer,	
	pues que se deja querer	
	de un Martes, que es hombre aciago;	
	y si en tal día casarse	615
	es negocio tan crüel,	
	de quien se casa con él,	
	¿qué dicha puede esperarse?	

---

traducción de Jerónimo de Urrea: «Mirando en torno acaso escritos vido [Orlando] / árboles muchos de la fuente umbrosa, / y así como ha mirado ha conocido / de mano cierto ser de su alma y diosa» (Jerónimo de Urrea, *La primera parte de Orlando furioso*, Amberes, Viuda de Martín Nucio, 1558, f. 121v). El tema de la escritura en la corteza de los árboles por parte de Medoro y Angélica se inmortalizaría también en diversos cuadros entre los siglos XVI y XIX, y no faltaría en posteriores reescrituras literarias de la historia de los dos amantes. Así, en el romance de Góngora a este tema «En un pastoral albergue», encontramos los siguientes versos: «Los troncos les dan cortezas / en que se guarden sus nombres, / mejor que en tablas de mármol / o que en láminas de bronce» (Luis de Góngora, *Romances*, ed. A. Carreño, p. 395, vv. 117-120).

602   *la que... está*: 'la fineza que está en las almas'.

605-606   *Que es... el favor*: la imagen del «tibio amante» como un pintor se basa en la idea de que un cuadro solo puede disfrutarse a una cierta distancia, donde la técnica de la perspectiva y el uso de los colores desarrollan toda su potencialidad.

607   *me suspendí*: 'me quedé sorprendido'.

615-616   *y si... crüel*: alusión a la superstición que existía en torno al martes, que se consideraba un día de mal agüero para emprender algo importante (como casarse), y que se refleja en el refranero de la época, por ejemplo: «En martes, ni tu kasa mudes, ni tu hixa kases, ni tu rropa taxes» (Correas, *Vocabulario de refranes*, ed. Combet, p. 135).

INÉS   Seó Lope, tráteme bien,
       que aunque no tomo el acero,   620
       tengo aceros con que espero
       matarle a puro desdén.
        ¿De qué sabe el muy lacayo
       que de Martes soy devota?

LOPE   ¿De eso poco se alborota?   625

INÉS   En viendo celos, desmayo.

MARTES   ¿Llámame vuestra merced?

INÉS   No, señor.

MARTES   No sé qué oí
       de Martes. Soylo y, ansí,
       vine a que me hagáis merced.   630

LOPE   Vuesamerced se retire,
       que esto corre por mi cuenta.

MARTES   Si de eso Inés se contenta,
       ni aun quiera amor que la mire.

INÉS   Señores, el pretender   635
       sea pleito de señores
       porque mientras son mayores
       más juntos suelen comer.
        Estén en conversación;
       las mujeres son jardín: 640
       todos las ven, pero en fin
       goza el fruto de quien son.

MARTES   Bien dicho.

LOPE   Para él será
       bien dicho.

---

619 *Seó*: contracción de 'señor'.

635 *pretender*: Inés juega con un doble sentido del término, que puede significar 'cortejar' o 'hacer diligencias para conseguir algo' (de ahí la referencia del v. 636 al «pleito de señores»).

639-642 *Estén... son*: Inés anima a Lope y Martes a que mantengan una relación amistosa, pues en última instancia las mujeres las puede ver todo el mundo, pero solo las pueden disfrutar sus esposos.

TEODORO	¡Ay, bella Luciana,
	cómo mi esperanza vana 645
	se va declarando ya,
	pues sabéis lo que ha pasado
	y lo que el Conde os adora!
	Mal con el señor, señora,
	competirá su crïado. 650
	Por fuerza me ha de rendir
	o el Conde me ha de matar
	y, aunque es poco aventurar
	la vida que os ha de servir,
	debo sentir el perderos. 655
LUCIANA	No podrá el Conde ni el mundo,
	que amor que en el alma fundo
	tiene inmortales aceros.
	¿Qué cosa, amando mujer,
	le ha sido dificultosa? 660
TEODORO	No podrá un alma celosa
	vivir, sufrir y querer.
MARTES	Señor, advierte que viene
	el Conde.
CLARIDÁN	¿El Conde?
TEODORO	Verdad.
	Suyo es el coche.
VIOLANTE	Esperad, 665
	que menos peligro tiene,
	pues mil disculpas habrá
	y, si os ha visto, el huir
	le dará bien qué sentir,
	pues ama y celoso está. 670
TEODORO	Nunca tuve más ventura.
MARTES	Él se apea.

---

651 *me ha de rendir*: 'me ha de vencer'.

Entra el Conde

TEODORO	(¡Ya me matan celos!)
CONDE	Un lienzo retratan de Flandes, ¡brava pintura!

       Aquí hay árboles, galanes,   675
damas, flores, prado ameno,
montes lejos, fuentes, bueno...

CLARIDÁN   Cuando a las selvas te allanes,
    sus flores te dan alfombras.

CONDE   Bellas damas...

LUCIANA   Gran señor...   680

TEODORO   Y si da el amor calor,
    árboles ofrecen sombras.

CONDE   Teodoro, ¿tú estás acá?

TEODORO   A Claridán acompaño
    porque no le venga daño   685
    si alguno celoso está.

CONDE   ¿Cómo os va de acero?

LUCIANA   Bien.

CONDE   Parece que el pecho armáis
    después que acero tomáis.
    ¿Solo es de amor el desdén?   690

LUCIANA   Nunca, señor, me he preciado
    de crüel ni desdeñosa,
    aunque no he sido piadosa.

CONDE   Yo sé que me habéis mirado
    con deseos de crueldad.   695

LUCIANA   Fuera yo muy descortés,
    que estimar amor no es
    contrario a la honestidad,

673-677   *Un lienzo... bueno*: el Conde compara el paisaje bucólico del campo madrileño donde se encuentran los personajes con los paisajes que caracterizaron la pintura flamenca a partir del siglo xv, en los que convivían armoniosamente el hombre y la naturaleza.
678   *te allanes*: 'llegues'.

	y amor de vueseñoría	
	no merece ingratitud.	700
TEODORO	(¡Qué temeraria inquietud	
	amor en mi pecho cría!)	
CONDE	Si fuese verdad, señora,	
	serviros con esta vida	
	es poco.	
LUCIANA	De ser querida	705
	no puede pesarme agora,	
	sino de verme tan falta	
	—como al fin, pobre mujer—	
	para poder merecer	
	una esperanza tan alta.	710
TEODORO	(Yo he de perder el juïcio	
	si aquesto pasa adelante.	
	Ataja, por Dios, Violante,	
	de amor el primero indicio	
	o verasme hacer locuras.)	715
VIOLANTE	Estamos, señor, de modo	
	[.............................]	
	y aquí tan poco seguras	
	de los que nos pueden ver,	
	que pues allá habrá lugar	720
	para que podáis hablar,	
	con vos me quiero atrever	
	y pediros que licencia	
	nos deis de que nos entremos	
	en esta güerta, que hacemos	725
	de casa también ausencia.	
	Y sin esto, Claridán	
	un almuerzo nos previno,	
	que nos topó en el camino	
	y quiso andar tan galán.	730

---

707 *falta*: 'necesitada', se entiende económica y socialmente en relación con la riqueza y nobleza del Conde.

	Perdone vueseñoría si este es grande atrevimiento.	
CONDE	No lo haber sabido siento y me he corrido, a fe mía.	
	¿No me hubieras avisado, Claridán, porque mandara que a estas damas regalara quien tiene allá mi cuidado?	735
	Ahora bien, id en buen hora, y vosotros a servillas, que yo por estas orillas que esmalta de flores Flora quiero a la villa volverme.	740
LUCIANA	Prospere tu vida el cielo.	

Éntranse, quedando el Conde

CONDE	Acerca el coche, Riselo.	745
	Antes pretendo esconderme, pues estos árboles son tan propios para ocultarme que para desengañarme es esta grande ocasión.	750
	A Teodoro vi impaciente. ¿Si quiere a Luciana bien? Que dos celosos también conócense fácilmente.	
	Estos, en fin, son crïados y entre ellos a la amistad guardan más firme lealtad que a la que están obligados.	755

---

734 *me he corrido*: 'me he avergonzado'.
742 *Flora*: la diosa romana de las flores, los jardines y la primavera.
758 *a la que están obligados*: es decir, la lealtad a su señor, a la que les obliga su condición de criados.

Yo adoro en esta mujer.
Si ella se inclina a Teodoro,   760
necio seré si la adoro
pudiendo no la querer.
 Árboles, no como Eneas
os pido que me ocultéis,
pues que celos no daréis   765
a vuestras verdes oreas.
 Solo quiero averiguar
celos; prestadme favor,
pues tantos bienes de amor
sabéis cubrir y callar.   770

Escóndase y salga Teodoro y Luciana, teniéndole de la capa

LUCIANA   ¿Hiciera por dicha un loco
a mi honor tanto desprecio?
Vuelve, Teodoro, a sentarte;
vuelve, por Dios, al almuerzo.
Ea, que muy necio estás.   775
TEODORO   Confieso que estoy muy necio,
pues voy huyendo de ti

---

759 *adoro en esta mujer*: 'estimo a esta mujer'.

763-764 *Árboles... ocultéis*: la mención a Eneas como ocultador es un tanto confusa, dado que no es una característica asociada generalmente al héroe troyano. Esta relación parece derivar de un episodio de su huida de Troya que narra Virgilio en el libro II de la *Eneida* (vv. 254-297 y 705-729), por la cual Eneas tomó los dioses familiares de la ciudad (los lares y penates) y se los llevó consigo cuando sacó a su padre a hombros de la ciudad. Lope aparentemente asoció este hecho con la idea de que el héroe troyano ocultó a estos dioses en su huida de la ciudad, como encontramos en algún otro lugar de su producción: «¿No has oído que de Troya / el duque Eneas huyendo, / salió con su viejo padre / de la furia de los griegos / con Creusa, su mujer, / y con Ascanio, escondiendo / los dioses?» (Lope de Vega, *El niño inocente de La Guardia*, ed. A. J. Farrell, vv. 503-509).

766 *oreas*: las oreas u oréades eran las ninfas que residían en los bosques. Lope emplea esta misma expresión en su comedia *La esclava de su hijo*: «Escribid, verdes oreas / en las cortezas mi historia / de estos árboles si amor / tal vez las deidades toca» (Lope de Vega, *La esclava de su hijo*, ed. E. Cotarelo, p. 170).

770*Acot* *Escóndase*: el actor que interpretara al Conde se ocultaría tras una de las cortinas que cubrían los accesos del fondo del escenario.

y vivir sin ti no puedo.
Mas, ¡ay, Luciana!, ¿qué haré?
¿Con quién tomaré consejo   780
que me defienda de mí
cuando yo propio me ofendo?

LUCIANA   Vuelve, no seas cansado;
come, no seas grosero;
mira que se hace tarde   785
y que es ya fuerza volvernos.

TEODORO   ¿Que coma dices, Luciana?
Antes comeré veneno,
antes perderé la vida
y mil vidas.

CONDE   (¡Bueno es esto!   790
¿Cuándo quien se puso a oír
sus sospechas, oyó menos?)

LUCIANA   Mira que estás enojado
sin causa.

TEODORO   Yo lo confieso,
mas no puedo más conmigo,   795
que con los celos me has muerto
del Conde, señor al fin
rico, gallardo y mi dueño.

LUCIANA   ¡Oh, mal fuego queme al Conde!

CONDE   (No es malo que sea mal fuego   800
porque, si buen fuego fuera,
abrasárame más presto.)

LUCIANA   ¿Qué querías tú que hiciese
con un señor, y tras esto,
señor tuyo? ¿Era mejor   805
que a tanto comedimiento
respondiera descortés?

---

783   *cansado*: 'impertinente, molesto'.
804   *tras esto*: 'además de esto'.
806   *comedimiento*: 'amabilidad, cortesía'.

Pues con los hombre del pueblo
y aun con la gente más vil
no se sufriera hacer eso.   810
Yo, Teodoro, soy quien soy
y, si te escucho y te quiero,
es porque tengo esperanza
del tratado casamiento;
pero el Conde no pretende   815
con ese fin y yo tengo
muchos fines que mirar,
que es muy principal Florencio
y no le seré yo ingrata,
pues el amor que le debo   820
bastaba aun no siendo padre;
¿cuánto más padre y tan bueno?

CONDE   (¡Buena va mi pretensión!
                Bien asegurado quedo.
                ¿Estos son buenos crïados?)   825

TEODORO   ¿Ves cuanto me estás diciendo?
                Pues no es posible templarse
                la cólera de mis celos.

LUCIANA   ¿Pues qué te haré yo, Teodoro?

TEODORO   Darme, pues me ves muriendo,   830
                palabra de aborrecer
                al Conde con juramento.
                Di que jamás le darás,
                Luciana, puerta en tu pecho;
                que rasgarás sus papeles;   835
                que no escucharás sus ruegos;
                que de sus ricos presentes
                harás burla y menosprecio;
                dime que tiene mal talle,
                mal proporcionado cuerpo;   840

_____

835   *papeles*: aquí, con el sentido de 'cartas'.

y si quisieras hacer
comparación de algún feo,
sea con el Conde.

LUCIANA   Basta.

CONDE   (Eso será si yo quiero,
que con tan bajos partidos   845
no podré hacer el asiento.
¡Ved lo que pasa en el mundo
estando amor de por medio!
¡Bien solicita mi causa
Teodoro! ¡Muy bien ha hecho   850
oficio de buen crïado!
En obligación le quedo.)

LUCIANA   Digo, Teodoro, que juro.

TEODORO   Di por tus ojos.

LUCIANA   Por ellos
de a Próspero, tu señor,   855
aborrecer con estremo,
de no admitir papel suyo
y de no escuchar sus ruegos;
de despreciar sus regalos;
comparar con él los feos,   860
y decir mal de su talle.
¿Vendrás almorzar con esto?

TEODORO   Vendré a servirte animoso
y de esa fe satisfecho,
por la cual juro de amarte   865
mil años después de muerto;
ser tu esposo y conservar,
mientras puedo merecerlo,

---

861   decir : de<d? +e? >rir M *Enmiendo por el sentido del verso*

845-846   *con tan... asiento*: 'con gente de tan humilde condición social no podré hacer las paces'.
862   *Vendrás almorzar*: en la lengua del siglo XVII la preposición «a» podía quedar absorbida delante de una palabra que comenzara por la misma letra.

        los pensamientos más castos,

        los deseos más honestos;   870

        de no mirar hermosura

        si no fuere con desprecio,

        ni a gusto ajeno ninguno

        levantar el pensamiento.

        Si viere una frente hermosa   875

        con cabello rubio o negro,

        diré «todo aquesto es sombra

        de tu frente y tus cabellos»;

        si viere unos verdes ojos,

        negros, rasgados o enteros,   880

        azules zarcos o garzos,

        diré luego «todos estos

        son esclavos de Luciana,

        que son sus ojos más bellos»;

        «su boca y labios de rosa»   885

        diré...

LUCIANA   Detente, que creo

        que sin almuerzo nos vamos.

TEODORO   Perdona si soy molesto,

        que corre postas amor

        cuando corre sobre celos.   890

Éntrense los dos

CONDE   Pues yo juro no a los ojos

        tan ingratos y soberbios

        de la más necia mujer,

        sino a los del amor ciego,

        no de procurar venganza   895

        con declarados intentos,

---

881   *zarcos*: de color azul claro. *garzos*: de color azulado.
889-890   *corre... celos*: es decir, que el amor se manifiesta rápidamente (como si marchara a caballo o corriera postas) cuando está espoleado por los celos.

que no está bien a mi honor
por ser mis crïados estos,
sino de buscar cautelas
con tan sutiles enredos,   900
disimulando el agravio
que todos cuatro me han hecho,
que me vengan a las manos,
y será por dicha a tiempo
que, pidiéndome piedad,   905
no hallen piedad en mi pecho.
Que yo matara a Teodoro
por cosa cierta lo tengo
si me dejara vencer
de tan bajo pensamiento,   910
y al traidor de Claridán
pusiera en tan fuerte aprieto
que aprendieran los que sirven
a guardar lealtad al dueño.
Mas viendo que esto es amor   915
y considerando luego
que se han crïado en mi casa,
quiero a fuerza del ingenio
ser traidor al que es traidor,
lisonjero al lisonjero,   920
desleal al desleal;
tal causa, tales efetos.
No me engañarán los cuatro
por mucho que sepan de esto
porque engañar al que avisa,   925
¿cómo es posible si es cuerdo?

Fin del primero acto

---

920   *lisonjero al* : y lisonjero al M

899   *cautelas*: 'engaños'.
903   *me vengan a las manos*: es decir, 'caigan en mis manos'.

2.ª JORNADA DE *MUJERES Y CRIADOS*

Personas del 2.º acto

TEODORO	DON PEDRO
CLARIDÁN	FLORENCIO
LOPE	EL CONDE
INÉS	RISELO
LUCIANA	DOS TURCOS
VIOLANTE	[CRIADOS]
EMILIANO	

ACTO SEGUNDO

Salen Teodoro y Claridán

TEODORO	¿Y cómo ha tomado el Conde hallarnos juntos allí?
CLARIDÁN	No sé qué siente de ti. Suspéndese y no responde. 930
TEODORO	No debe de imaginar que Luciana favorece mi amor.
CLARIDÁN	Antes me parece que ha recebido pesar.
TEODORO	Pues en caso que lo entienda, 935 ¿qué remedio?
CLARIDÁN	Algún engaño con que, cuando entienda el daño, en ningún modo te ofenda.
TEODORO	Sí, ¿pero puede ofender eso a la fidelidad, 940 correspondencia y verdad que al dueño se ha de tener?
CLARIDÁN	No, Teodoro, pues primero fuiste que el Conde en querella y es tu amor para con ella 945 ligítimo y verdadero; que, en fin, será tu mujer y él su deshonra pretende, y ansí tu amor la defiende de quien la quiere ofender. 950
TEODORO	¿Luego no será traición que se defienda Luciana?
CLARIDÁN	Antes virtud, pues es vana y loca su pretensión.

---

930 *Suspéndese*: aquí, con el sentido de 'está en silencio'.

TEODORO	Jurado tiene a sus ojos	955
	que ha de aborrecer su talle	
	y en la ventana y la calle	
	recibir, viéndole, enojos,	
	y compararla con él	
	cuando haya una cosa fea.	960
CLARIDÁN	Pues como ella firme sea	
	hará mil lances en él.	
TEODORO	Las mujeres, Claridán,	
	quieren más a sus iguales,	
	que de prendas desiguales	965
	menos seguras están.	
	Amor no se corresponde	
	bien de menor a mayor,	
	que vuelve atrás el amor.	
CLARIDÁN	Habla bajo.	
TEODORO	¿Cómo?	
CLARIDÁN	El Conde.	970

Entra el Conde

CONDE	Ponte luego de camino,	
	Teodoro, ansí Dios te guarde,	
	que has de partirte esta tarde	
	porque el Marqués, mi sobrino,	
	me han dicho que está indispuesto;	975
	a quien has de visitar	
	con esta y dile el pesar	
	y cuidado en que me han puesto,	
	y que, si adelante pasa,	

---

962   *hará... él*: 'hará mil ardides para engañar al Conde'.
969   *vuelve... amor*: es decir, 'el amor retrocede' cuando hay una diferencia social entre las dos personas implicadas.
977   *con esta*: se sobreentiende 'con esta carta', pues el Conde aparecería en escena llevando en la mano la carta que posteriormente Teodoro abrirá (vv. 1123-1124).
979   *si... pasa*: es decir, 'si la enfermedad empeora'.

iré en persona.

TEODORO   La mía   980
no está muy buena y podía
un gentilhombre de casa
  ir mejor este camino
sin faltar a tus papeles.

CONDE   Discúlpaste como sueles;   985
las cosas de mi sobrino
  solo las fío de ti,
a quien él sabe que tengo
inclinación.

TEODORO   Ya prevengo
partirme.

CONDE   Oblígame ansí   990
  y mira que ha de ser luego.

TEODORO   Luego que me den recado.

CONDE   (Piensan que me han engañado
y llevo entendido el juego.
  ¡Vive Dios que ha de salir   995
hoy de la corte Teodoro!)

Vase el Conde

TEODORO   Bien los engaños mejoro
que pensaba prevenir.
  ¿Qué te parece?

CLARIDÁN   No sé,
mas no se puede escusar.   1000

---

982   *gentilhombre*: era el nombre que recibía el criado que servía en la casa de un noble y lo acompañaba a donde fuera. El personaje de Riselo es descrito como «gentilhombre» en el elenco del primer acto del manuscrito de *Mujeres y criados*, y en la mayoría de sus apariciones acompaña al Conde.

984   *sin faltar*: 'sin dejar de lado'. Teodoro intenta convencer al Conde de que envíe a un gentilhombre para ver a su sobrino alegando que así él no tendría que abandonar sus obligaciones como secretario.

990   *Oblígame ansí*: 'Gánate así mi afecto'.

992   *recado*: 'mensaje'.

TEODORO	Si de aquí me quiere echar,
	poderosa industria fue,
	y aprovecharse en efeto
	de ser dueño.
CLARIDÁN	¿En quince días
	piensan sus locas porfías,
	con engañado conceto,
	que han de rendir a Luciana?
	Ríete de esa invención.
TEODORO	Claridán, mujeres son;
	lo que no es hoy es mañana.
	Por dicha, en los quince días,
	viendo al Conde y no a Teodoro,
	podrá él asistir y el oro
	dar premio a injustas porfías.
	Dejonos la Antigüedad
	gran ejemplo en Atalanta,
	cuya codicia fue tanta
	que venció su honestidad.
	Pues si tres manzanas de oro

Versos: 1005, 1010, 1015 (alineados a la derecha)

1002   *industria*: 'plan, traza'.
1011   *Por dicha*: 'Con suerte'.
1013   *asistir*: 'galantear con fines amorosos'.
1015-1020   *Dejonos... van*: alusión al mito de Hipómenes y Atalanta, que recoge, entre otros, Ovidio en sus *Metamorfosis* (X, 560-707). Atalanta era una hermosa joven que vivía en el monte, dedicándose a la caza. El oráculo le había pronosticado que sería transformada en animal si se casaba, por lo que ella retaba a todos los hombres que la pretendían en matrimonio a una carrera, y ellos perderían la vida si no ganaban. Gracias a su habilidad física, Atalanta siempre era más veloz que los hombres que competían con ella, incluso dándoles ventaja, y ganaba todas las carreras. El joven Hipómenes se enamoró de Atalanta y compitió con ella, pero contaba con una ayuda adicional: la diosa del amor, Afrodita, le había entregado tres manzanas de oro procedentes del jardín de las Hespérides. Cada vez que Atalanta estaba a punto de alcanzar a Hipómenes en la carrera, el joven dejaba caer una de estas maravillosas manzanas, que Atalanta, embelesada por su belleza, se detenía a recoger. De este modo Hipómenes logró vencer a Atalanta. Teodoro atribuye el interés de Atalanta por estas manzanas de oro a su codicia (v. 1017), y en última instancia esta idea remite a la de que el dinero puede conseguir vencer la voluntad femenina, ya expresada por el propio Teodoro anteriormente (vv. 129-136).
1019-1022   *Pues... tesoro*: hay varios términos elididos en estos versos, cuyo sentido es el

	para las que huyendo van,	1020
	con quien no corre, ¿qué harán	
	tantas libras de tesoro?	
CLARIDÁN	Siempre es el miedo villano.	
TEODORO	¿Puedo amar sin tener celos?	
CLARIDÁN	Deja esos locos desvelos	1025
	que el temor te ofrece en vano	
	y fía de la virtud	
	de Luciana.	
TEODORO	Verla quiero	
	antes de partirme.	
CLARIDÁN	Espero	
	con mucho gusto y salud	1030
	verte volver a sus brazos.	
TEODORO	Luego verás cómo intento	
	mi casamiento.	
CLARIDÁN	Esos siento	
	que son los mejores lazos.	
	Y hasta ese punto, silencio.	1035
TEODORO	Luciana es rica. Si el Conde	
	me falta, amor me responde	
	que tengo dueño en Florencio.	

[Vanse.] Entren Luciana y Inés, su criada

LUCIANA	Por el Conde no me atrevo	
	a salir al campo ya.	1040
INÉS	Si tan abrasado está,	
	será de sus ansias cebo	
	y ansí tengo por mejor	
	que no tomes el acero.	

---

siguiente: 'pues si tres manzanas de oro hacen tanto en la voluntad amorosa de las mujeres que van corriendo, ¿qué harán tantas libras de tesoro?'.

1023　*villano*: 'vil, cobarde'.

1042　*será... cebo*: es decir, que el ir Luciana al prado y poder verla allí el Conde espoleará la pasión que siente hacia ella.

LUCIANA	Perder esos ratos quiero	1045
	por no despertar su amor.	
	Jurele a Teodoro, Inés,	
	no tomar papel del Conde	
	y lo contrario responde	
	a nuestro propio interés,	1050
	porque si yo trato mal	
	al Conde, ha de ver que ha sido	
	causa Teodoro y, ofendido,	
	tomará venganza igual,	
	que los hombres no reparan	1055
	con celosos acidentes	
	en muchos inconvenientes.	
INÉS	Todos esos celos paran	
	en que no tomes papeles	
	y con secreto podrás.	1060
LUCIANA	¿Y el juramento?	
INÉS	Eso más,	
	mas oye y no te desveles.	
	¿Señalástele la mano	
	con que habías de tomar	
	el papel?	
LUCIANA	No.	
INÉS	Pues lugar	1065
	te queda seguro y llano,	
	y aun por si no se te acuerda	
	el juramento que hiciste,	
	si la derecha dijiste,	
	le tomarás con la izquierda.	1070
	Ríome yo que en ausencia	
	traten verdad los amantes,	
	que firmezas semejantes	
	son finas impertinencias.	
	Cuando dice una mujer	1075

1060   *podrás*: está elidido el objeto del verbo, «tomar papeles».
1066   *llano*: 'sencillo'.

«no comeré de pesar»,
diez veces ha de almorzar
porque almorzar no es comer;
 si dice que no ha dormido,
vestida se ha de entender, 1080
que claro está que ha de ser
quitado todo el vestido;
 y cuando dice «sin veros
todas las cosas me ofenden»,
se entiende que no se entienden 1085
galas, hombres y dineros;
 si dice, jura y porfía
«toda mi vida he de ser
vuestra esclava», es de entender
que es toda la vida un día. 1090
 ¿Hay religión que no puede
—mira qué ejemplo te doy—
hacer que el sustento de hoy
para mañana se quede?
 Y en la del amor, tirana, 1095
era yo de parecer
que no dejase mujer
hombre de hoy para mañana.

LUCIANA	Bien pienso, Inés, que te burlas
	y que no hablas de veras. 1100
INÉS	Todas estas son quimeras
	y hablar contigo de burlas,
	que bien sé que, habiendo honor,
	se ha de profesar verdad,
	firmeza y honestidad 1105
	hasta que pare el amor
	en el matrimonio santo.
LUCIANA	¿Es Teodoro?
INÉS	El mismo es.
LUCIANA	¿Pues cómo se ha entrado, Inés?
INÉS	Porque celos pueden tanto. 1110

Teodoro, triste

TEODORO	Habiéndome de partir
	a donde el Conde, celoso,
	me envía, ha sido forzoso
	el despedir y el morir.

Con esto me ha dado amor   1115
licencia y atrevimiento.

LUCIANA   Teodoro, el dolor que siento
bien disculpa tu dolor.
   ¿A dónde el Conde te envía?

TEODORO   Yo no sé si es invención   1120
o le obliga la ocasión,
pues en este mismo día
   voy a ver a su sobrino
con esta carta.

LUCIANA   ¿Hasla abierto?

TEODORO   ¿Yo, abierto?

LUCIANA   ¿De celos cierto   1125
te parece desatino?
   ¿No lleva cubierta?

TEODORO   Sí.

LUCIANA   Pues echarle otra cubierta.

TEODORO   Esa es traición descubierta
y poca lealtad en mí.   1130

LUCIANA   Amando hay breve de amor
para toda deslealtad.
   ¿No ves que la voluntad
jamás permite señor
   y que todos los desprecia;   1135
que solo hay un duque en ella
y es el elegido por ella,

1127   *cubierta*: se trata del equivalente del sobre moderno, que consistía en un pliego en el que se metía la carta y se escribía la dirección de destino.

1131   *breve*: documento papal, que en este caso tiene el sentido de 'exención'.

como Génova o Venecia?
Rompe la cubierta.

TEODORO   Ya
de la cáscara salió.   1140

LUCIANA   Lee o leerela yo.

TEODORO   Ansí dice.

LUCIANA   Sí dirá.

Lea [*Teodoro*]

Sobrino, a mí me importa la vida que con los mayores engaños que sean posibles me entretengáis a Teodoro, mi secretario, seis o siete meses en vuestra casa, que en cierta pretensión mía me da disgusto y, por no matarle, me ha parecido este el más seguro remedio. Cosas son estas que solo de vuestro ingenio y sangre las fiara. Dios os guarde.

LUCIANA   ¿Qué te parece?

TEODORO   ¡Estoy loco!

LUCIANA   ¿Parécete que mujeres
somos algo?

TEODORO   Única eres.   1145

LUCIANA   Pues cuanto he pensado es poco
si no remedio este daño.

TEODORO   ¿Pues aquí hay remedio?

LUCIANA   Sí.

TEODORO   ¿Remedio?

LUCIANA   Espérame aquí;
verás un notable engaño.   1150

Éntrase

TEODORO   Platón supo muy bien filosofía;

1138   *Génova o Venecia*: las dos ciudades-estado italianas eran nominalmente ducados a cuyo frente había un dux, aunque este no fuera un cargo nobiliario vitalicio y hereditario.
1151-1164   *Platón... sola*: Teodoro alaba a Lucrecia por su habilidad para engañar com-

economía supo Jenofonte;
historia, Livio; amor, Anacreonte;
Plutarco, la moral sabiduría.
   Bien supo Tolomeo geografía   1155
y Colón el Antártico horizonte.
Ovidio, la amistad; Virgilio, el monte,
y Horacio supo lírica poesía;
   Homero supo bien la competencia;
Arnaldo cómo el oro se acrisola   1160
y le produce química experiencia;
   pintura supo Zeuxis y enseñola;
pero si el arte de engañar es ciencia,
el arte de engañar Luciana sola.

Lope entre

LOPE   ¡Qué bien pareces en casa,   1165
      Teodoro, qué bien pareces!
TEODORO   Templanza con verte ofreces,

---

parándola con grandes hombres de la Antigüedad, de quienes refiere un aspecto de su
fama. Así, Platón (hacia 427 a. C.-347 a. C.) se asocia con la filosofía; el historiador y filósofo griego Jenofonte (431 a. C.-354 a. C.) se relaciona con su diálogo *Económico* (Οἰκονο-
μικός), que trata sobre economía doméstica y agricultura; Tito Livio (59 a. C.-17 d. C.) fue
un célebre historiador romano; Anacreonte (527 a. C.-485 a. C.) fue un poeta griego famoso por su poesía de corte amoroso y hedonista; Plutarco (hacia 46 d. C.-120 d. C.) fue un
historiador y ensayista griego, parte de cuyas obras fueron recogidas en la Edad Media en
un volumen titulado *Moralia*; Claudio Tolomeo (100 d. C.-170 d. C.) fue un investigador
grecoegipcio que compuso, entre otras obras, un volumen titulado *Geographia* dedicado a
describir el mundo conocido en su época; la fama de Cristóbal Colón (1451-1506) le vino
por su condición de explorador y descubridor de América, y a quien Teodoro se refiere por su condición de navegante de los mares del sur («Antártico horizonte»); el poeta
romano Publio Ovidio Nasón (43 a. C-17 d. C.) es autor, entre otras obras, de su *Ars amato-
ria*, que se centra en la «amistad» amorosa entre los dos sexos; el poeta romano Publio Virgilio Marón (70 a. C.-19 a. C.) fue autor, entre otras obras, de las *Geórgicas*, que se centran
en el trabajo agrícola y la vida en el campo; el poeta Quinto Horacio Flaco (65 a. C.-8 a. C.)
compuso poesía lírica y satírica; la figura del bardo griego Homero (siglo VIII a. C.) se relaciona con la «competencia» o rivalidad entre griegos y romanos, tal y como contó en su
Ilíada; Arnaldo es el médico y alquimista valenciano Arnau de Vilanova (1235-1311), famoso por sus tratados medicinales y alquímicos; Zeuxis (siglo V a. C.) fue un pintor griego
de celebrada fama por su habilidad pictórica.

	Lope, al fuego que me abrasa	
	y ansí quiero que te acuerdes	
	que te tengo de servir.	1170
LOPE	Para ser Guadalquivir,	
	te falta los remos verdes.	
	¡Qué bien pareces!	
TEODORO	Sospecho	
	que si las galeras blancas	
	adornan sus ondas francas,	1175
	también las traigo en mi pecho.	
LOPE	¿Pues cómo en casa y forzado?	
TEODORO	Aquí por mi gusto estoy,	
	forzado a un camino voy.	

Entra Luciana

LUCIANA	Lope.	
LOPE	¿Señora?	
LUCIANA	Cuidado	1180
	en dar aqueste papel.	
TEODORO	¿A quién escribes?	
LUCIANA	Al Conde.	
TEODORO	¿Tú al Conde?	
LUCIANA	En lo que responde	
	sabrás qué trato con él.	
TEODORO	Puesto me has en más cuidado.	1185
LUCIANA	Camina, Lope.	
LOPE	Yo voy.	

1171-1174 *Guadalquivir... blancas*: alusión a una seguidilla popular, «Río de Sevilla, / ¡cuán bien pareces, / con galeras blancas / y remos verdes!», que Lope cita, por ejemplo, en el primer acto de su comedia *Lo cierto por lo dudoso* (Lope de Vega, *Lo cierto por lo dudoso*, ed. J. E. Hartzenbusch, p. 455a).

1177 *forzado*: Lope considera que Teodoro va «forzado» dada su alusión a que tiene «galeras [...] en mi pecho», siendo las galeras el destino frecuente de los condenados por ciertos delitos.

Vase Lope

TEODORO	Suspenso, señora, estoy.	
LUCIANA	Tu partida he remediado.	
TEODORO	Tú me has de echar a perder.	
LUCIANA	Calla, Teodor; no estés triste.	1190
	Tú has de fingir que partiste	
	y en casa te has de esconder.	
TEODORO	¿En tu casa? ¿De qué modo?	
LUCIANA	Mi padre mismo ha de ser,	
	Teodoro, quien te ha de esconder.	1195
TEODORO	¿Tú quieres perderlo todo?	
LUCIANA	Tú verás una invención	
	que admire tu entendimiento.	
TEODORO	En ella vamos con tiento	
	porque peligrosas son.	1200
	Cuéntame aquí lo que intentas.	

Salen Claridán y Violante

VIOLANTE	Solo el estar de por medio	
	el Conde impide el remedio.	
CLARIDÁN	En mostrándoos descontentas	
	verás que amaina el amor	1205
	del Conde todas las velas,	
	que al amor sirve de espuelas	
	la esperanza del favor.	
	Bien es verdad que en la ausencia	
	de Teodoro ha de intentar	1210
	rendirla.	
VIOLANTE	No ha de bastar	

1190 *Teodor*: la apócope del nombre de Teodoro es requerida por el cómputo silábico, al igual que sucede en los v. 1353 y 1512. Lope recurre a este mismo fenómeno en tres ocasiones en su comedia *La bella malmaridada* (Lope de Vega, *La bella malmaridada*, ed. E. Soler Sasera, vv. 196, 1433 y 2649).
1200 *peligrosas son*: 'son peligrosas las invenciones', por elipsis.

	del Conde la diligencia	
	porque aquí no pasa el oro,	
	que somos gente de bien.	
CLARIDÁN	Grandes milagros se ven.	1215
TEODORO	(Bien, por vida de Teodoro.	*Aparte*
LUCIANA	¿No es lindo enredo?	
TEODORO	Estremado.	
LUCIANA	Pues ven conmigo.	
TEODORO	¿Y seguro?	
LUCIANA	De nuevo, Teodoro, juro	
	lo mismo que te he jurado.)	1220

Váyanse los dos

CLARIDÁN	¿Quién estaba aquí?	
VIOLANTE	Mi hermana,	
	y pienso que con Teodoro.	
CLARIDÁN	Habrá habido eterno lloro	
	al despedir de Luciana.	
	De vergüenza se entrarían.	1225
VIOLANTE	¡Ay, Claridán, nadie quiera	
	que se ausente!	
CLARIDÁN	Antes quisiera	
	la muerte.	
VIOLANTE	¿Qué se dirían	
	de concetos mal formados?	
CLARIDÁN	¿Cómo? ¿Eso enseña el amor?	1230
VIOLANTE	¡Mi padre y todo el rigor	
	de ciertos novios cansados!	
CLARIDÁN	Aquí me escondo.	
VIOLANTE	Y es bien.	
	En los amorosos daños	
	ausencias hacen engaños	1235
	y celos causan desdén.	

[Escóndese Claridán.] Entra Florencio, Emiliano y don Pedro

FLORENCIO   (Aquí Violante está y, así, quisiera,
                     para poderla hablar más libremente,
                     que los dos esperárades afuera.
EMILIANO   Don Pedro esperará más obediente,   1240
                     que yo tengo qué hacer.
FLORENCIO   Guárdeos el cielo.
DON PEDRO   Aquí estaré, señor, secretamente.)

[Vase Emiliano y escóndese don Pedro]

FLORENCIO   Hija, ya vuestra edad me da recelo.
                     Ayer traté con vos, aunque no claro,
                     lo que en vuestro remedio me desvelo;   1245
                         no siempre en mí tendréis seguro amparo.
                     El hombre que os propuse es gentilhombre;
                     rico, aunque yo en esto no reparo.
                         Emilïano es de su padre el nombre;
                     él se llama don Pedro y a mi gusto   1250
                     no se pudiera hacer de cera un hombre
                         que a vuestra calidad viniera al justo
                     como este que os propongo.
VIOLANTE   Señor mío,
                     humilde estoy; de vuestro gusto gusto,
                     y así en el vuestro pongo mi albedrío.   1255
                     Solo os suplico que a ese caballero
                     le hable yo a solas.
FLORENCIO   De tu ingenio fío,
                     que esaminarle intentarás primero.

1239 *esperárades*: 'esperarais'. La variante etimológica *-ades* (derivada de la desinencia
latina *-atis*) para la segunda persona del plural todavía se empleaba en ocasiones en la lengua literaria del siglo XVII. Esta forma verbal se usa en diversos lugares de *Mujeres y criados*.
1242*Acot* *escóndese*: tal y como se deduce de lo que dice don Pedro en los vv. 1266-1272, el
actor saldría del tablado por la misma puerta por la que se había escondido Claridán unos
versos antes.

VIOLANTE	Si compran un caballo y le pasean
	para ver si es pesado o si es ligero; 1260
	si los pies, si las manos le rodean;
	si los dientes le miran, ¿no es más justo
	que las mujeres lo que compran vean?
FLORENCIO	Y es gran razón. De que le veas gusto.
	¡Señor don Pedro!
VIOLANTE	¿Aquí tan cerca estaba? 1265

Sale don Pedro

DON PEDRO	(¡En mi vida he tenido tal disgusto!
	Escondime entretanto que la hablaba
	y otro novio también hallé escondido
	que —la mano en la daga— me miraba.
	Yo, en la misma, también descolorido, 1270
	no menos le he mirado y de esta suerte
	dos hombres de reloj habemos sido.
	Quiera el amor que en la campaña acierte.)
FLORENCIO	Señor don Pedro, hablad con mi Violante,
	que su contento y elección me advierte. 1275
DON PEDRO	Grande merced.
FLORENCIO	No quiero estar delante.
	Tendrá vuesamerced a atrevimiento
	querer hablarle en tiempo semejante.
DON PEDRO	Alabo vuestro raro entendimiento
	porque requiere esamen riguroso 1280
	el que llega a oficial de casamiento.

1267 *la hablaba*: 'le hablaba'. En ocasiones, Lope era laísta.
1270 *Yo, en la misma*: 'Yo, en la misma habitación'.
1271 *esta suerte*: 'esta manera'.
1272 *hombres de reloj*: se trata de las figuritas animadas que se emplean en algunos relojes como elemento decorativo cuando suenan las horas. La metáfora sirve para referir cómo Claridán y don Pedro se estuvieron mirando fijamente y sin moverse cuando se vieron en el mismo cuarto.
1275 *me advierte*: 'me informa'.

[Vase Florencio]

VIOLANTE	Vuesamerced, según el talle airoso,
	sano debe de estar.
DON PEDRO	Cuando eso importe,
	verame algún albéitar cuidadoso.
VIOLANTE	No es poco para mozo de la corte. 1285
	¿Es hombre de esto de ángulos de esgrima?
	¿Trae daga a lo pendiente y solo un corte?
DON PEDRO	Si se ofrece, la cólera me anima.
VIOLANTE	¿Acostumbra ser lámpara del pecho
	con una cadenita y otra encima? 1290
DON PEDRO	Vestir fue lo galán.
VIOLANTE	¿Nunca le han hecho
	para con la sotana lo que llaman
	manteo de color? ¿Cálzase estrecho?
	¿Va muchas veces donde no le llaman?
	¿Suele hablar con vocablos esquisitos 1295
	o con aquellos que los niños maman?
	¿Pone «salud y vida» en sobrescritos

1284   *albéitar*: 'veterinario'.

1285   *mozo de la corte*: Violante, en su examen de don Pedro, le pregunta jocosamente a lo largo de los versos siguientes por una serie de rasgos que se asocian con un tipo de galán moderno, al que se refiere como «mozo de la corte».

1286   *ángulos de esgrima*: los tratados teóricos de esgrima se popularizaron en diversos países europeos —incluyendo España— desde finales del siglo XVI, tratados en los que se aplicaba con frecuencia la geometría para describir los diferentes movimientos de la espada y el esgrimista. Uno de los teóricos españoles más célebres fue Luis Pacheco de Narváez (1570-1640), autor de varios tratados sobre esgrima, como *Grandezas de la espada* (1600) y *Las cien conclusiones o formas de saber de la verdadera destreza* (1608), donde defendía una técnica de la espada basada en el uso de ángulos y curvas. Recuérdese que Quevedo se burló de la figura del esgrimista obsesionado por las teorías modernas en su novela *El Buscón*.

1287   *daga... corte*: esto es, una daga con un solo filo y que se lleva colgando con cierta inclinación del cinto.

1292   *sotana*: un vestido que llegaba hasta los talones y que usaban los estudiantes.

1293   *manteo de color*: una capa larga de color. *Cálzase estrecho*: la calza era una pieza de ropa que cubría el muslo y la pierna, y que a principios del siglo XVII se puso de moda llevar de forma ceñida.

y suele hablar a donde callan todos,
y en los corrillos públicos a gritos?
¿Deciende de los griegos o los godos? 1300

DON PEDRO (¡Por Dios, que para novia no muy santa,
que me esamina por estraños modos!)
Pero escuche también, pues se adelanta,
y dígame si acaso de difuntos
como de vivos su merced se espanta; 1305
si calza pocos o si muchos puntos;
si suele detrás de los tapices
tener en ocasión dos novios juntos,
cual suelen presentarse las perdices;
si se viste silicios y pañazos 1310
de pitos azulados y matices;
si descubre juanetes en los brazos
por llamar como a niñas con muñecas
a los hombres que dan en tales lazos;
si tiene blandas o respuestas secas; 1315

1300 *Deciende... godos*: Violante se burla de aquellas personas que pretenden arrogarse una nobleza antiquísima situando sus orígenes familiares en épocas antiguas, como los griegos o los godos.

1301 *no muy santa*: así llama don Pedro a Violante porque sospecha de su comportamiento, dado que sabe que tiene escondido a otro hombre —Claridán— en una habitación.

1306 *puntos*: la medida usada para distinguir tamaños de los zapatos. El ideal de belleza femenino de la época requería que las mujeres tuvieran un pie pequeño y, por consiguiente, calzasen zapatos de pocos puntos.

1309 *cual... perdices*: es decir, que las perdices cocinadas se presentan juntas en el plato, como una pareja que está junta en la cama.

1310 *silicios*: variante de 'cilicio' empleada en la lengua del siglo XVII, el cual es una vestidura áspera que se usaba para la penitencia. Don Pedro le pregunta jocosamente a Violante si es una beata.

1310-1311 *pañazos... matices*: me parece que don Pedro pregunta a Violante si muestra alguna actitud alocada, pues el vestido de paño con flautillas y mezcla de colores («matices»), al estilo tornasolado, era una vestimenta asociada con el mundo de la locura en la época, como ha estudiado Atienza [2009:5-6, 19].

1312-1314 *si descubre... tales lazos*: es decir, si es una mujer que se burla de los hombres que se enamoran de ella y por ello recibe golpes en los brazos («juanetes en los brazos»).

	si es amiga de coches o de toros	
	más que de las almohadas y las ruecas.	
VIOLANTE	¿Tiene más que decir, caballo de oros?	
DON PEDRO	Sí dijera a no estar enamorado,	
	que vierto vivas llamas por los poros.	1320
VIOLANTE	¿Por los poros? ¡Vocablo licenciado!	
	Ahora bien, ¿cómo queda este concierto?	
DON PEDRO	Que quedo despedido y agraviado;	
	pero por estas burlas, que es lo cierto,	
	me habéis de hacer merced en cierta cosa.	1325
VIOLANTE	Que os serviré, creed, si en ello acierto.	
DON PEDRO	Yo os amo por discreta y por hermosa,	
	y desenamorarme de repente	
	me parece lición dificultosa,	
	por Dios, de procurarlo diligente.	1330
	Pero entre tanto me daréis licencia	
	que en una silla aquí tal vez me siente.	
VIOLANTE	Vuestro estilo cortés, vuestra paciencia	
	me obligan a tenerla de serviros,	
	mas nunca amor se cura con presencia.	1335
DON PEDRO	Yo haré mi diligencia con oíros.	
VIOLANTE	Y yo os diré por desenamoraros	
	lo que pueda bastar a persuadiros.	

1317 *almohadas... ruecas*: las almohadas se utilizaban en los estrados o tarimas de aproximadamente un palmo de altura, donde las mujeres principales se acomodaban para recibir a las visitas, pasar sus ratos de ocio o coser (de ahí la alusión a la «rueca»). Don Pedro contrapone la mujer que hace vida familiar a la que se dedica al ocio público yendo en coche o a los toros.

1318 *caballo de oros*: la metáfora de Violante, basada en el léxico naipesco, tiene un sentido burlesco (y remite al mismo tiempo a la alusión al «albéitar» del v.1284). La alusión al palo de oros puede interpretarse como una referencia a la riqueza de don Pedro. Además, el caballo era una carta con un valor elevado por ser una figura y no un punto, aunque tenía menos valor que el rey (Étienvre 1987:304-307). Sin embargo, Étienvre [1990:41] y Chamorro Fernández [2005:82] también documentan que el término «caballo», en el lenguaje vinculado a los naipes y el juego, tenía en la época el sentido de 'tahúr que jugaba como una bestia'; por tanto, un matiz negativo que encaja con las burlas a las que Violante somete a don Pedro a lo largo de esta escena.

1321 *licenciado*: 'instruido, refinado'.

DON PEDRO	Pues ya con esto será bien dejaros
	porque en estos tapices hay figura 1340
	que se puede enfadar de verme hablaros.
VIOLANTE	Un santo os haga Dios.
DON PEDRO	Bendición pura
	de novio de este tiempo. El cielo os guarde.

Vase don Pedro y sale Claridán

CLARIDÁN	Necia has estado.
VIOLANTE	Sí, pero segura.
CLARIDÁN	¿De qué ha servido agora hacer alarde 1345
	de tantos desatinos?
VIOLANTE	Pretendía
	hacer que este mancebo se acorbarde,
	que los que riñen mal el primer día
	para toda la vida se acobardan.
CLARIDÁN	¿Licencia de volver no fue osadía? 1350
VIOLANTE	¿Cuándo firmeza las mujeres guardan?
	No temas desiguales competencias.
CLARIDÁN	Amo y temo.
VIOLANTE	Luciana y Teodor tardan.
	Vamos; consolaremos sus ausencias.
CLARIDÁN	Milagro fue que no matase este hombre. 1355
VIOLANTE	Claridán, ya no es tiempo de pendencias.
	Quien tiene más prudencia, ese es más hombre.

[Vanse.] Salen el Conde, Riselo y criados, y Lope con la carta

LOPE	Buscaba a vueseñoría

1340 figura : figuras *M*   1356 pendencias : pendencia *M*

1340-1341 *estos tapices... hablaros*: con la referencia a las figuras que solían adornar los
tapices que en el siglo XVII decoraban las paredes de las casas pudientes, don Pedro se refiere indirectamente a Claridán, escondido en la habitación de al lado.
1351 *¿Cuándo... guardan?*: Violante alude a la idea tópica en la época de que las mujeres
son mudables y cambian rápidamente de parecer.

con buena nueva y bien cierta
en su casa, y a la puerta　　　　　　　1360
le vengo hallar de la mía.
　　Este papel de Luciana.
buenas albricias merece.

CONDE　Por quien le da y quien le ofrece
id, Lope, a casa mañana,　　　　　　　1365
　　donde os darán un vestido
y cien escudos con él.

LOPE　Libranza ha sido el papel,
buen correspondiente ha sido,
　　a letra vista acetaste.　　　　　　1370

CONDE　Aún no ha sido a letra vista.

LOPE　Lee, pues.

CONDE　　　　　　Hoy mi conquista,
dulce amor, aseguraste.

Lea

Yo he dado traza con que vueseñoría pueda visitarme en mi casa siempre
que tuviere gusto y el modo es este: un hermano de una amiga mía, que se
llama don Pedro, ha dado unas heridas a un competidor suyo. Vueseñoría
ha de hablar a mi padre y, diciendo que es su deudo, rogarle que le tenga
en su casa escondido hasta ver si el hombre muere, con cuya ocasión podrá
entrar a visitarle y a verme. Dios os guarde.

　　　　¿Hay más gallarda invención?
　　　　¿Hay cosa más bien trazada?　　　1375
　　　　Mi dicha está declarada;

1373　con que　*la lectura del manuscrito es muy dudosa. Leo de acuerdo con el sentido del pasaje*

1363　*albricias*: 'regalo que se da a alguien por ser el primero en informar de una buena
noticia'.
1364　*le da*: 'lo da', pues se trata de un caso de leísmo.
1368　*Libranza*: 'Orden de pago'.
1370　*a letra vista acertaste*: 'acertaste pagando de manera inmediata'.
1373*Carta*　*traza*: 'plan'.　*con cuya ocasión*: 'con este motivo'.

cierta es ya la posesión.
¡Oh, qué bien hice en echar
a Teodoro de Madrid!
¡Hola! Preguntad, decid   1380
si a Florencio puedo hablar.

LOPE   Yo le iré a llamar, señor,
como que me has avisado.

CONDE   Ya con venir sea escusado;
hoy me favorece Amor.   1385

Entra Florencio

LOPE   Señor, hablarte viene el conde Próspero.

FLORENCIO ¿Pues qué me manda a mí su señoría?
¿En esta casa, gran señor? ¿Qué honra,
qué merced es aquesta?

CONDE   La noticia
que de vuestro valor y entendimiento   1390
me ha dado la opinión que justamente
tenéis, Florencio, a hablaros me ha traído.
Conmigo os retirad.

FLORENCIO   Si de provecho
fuere para serviros, desde agora
casa y hacienda os ofrezco.

CONDE   Confiado   1395
en lo que he dicho y siéndome forzoso
valerme de un hidalgo en cierto caso,
Florencio, a todos quise preferiros.

FLORENCIO De nuevo me obligáis para serviros.

CONDE   Don Pedro, un caballero de mi casa,   1400
no menos que mi primo, anoche tuvo
en una calle ciertas cuchilladas,
que entre mozos no güelgan las espadas.

1386   *hablarte*: 'a hablarte'. La preposición está embebida en el verbo dado que comienza por el sonido vocálico de la *a*.
1403   *güelgan*: 'huelgan', esto es, 'están ociosas'.

	Queríale esconder de la justicia	
	en tanto que descansa la malicia	1405
	de sus competidores y he pensado	
	que estará en vuestra casa bien guardado,	
	que es grande, con jardín y algo apartada.	
	¿Podeisme hacer esta merced?	
FLORENCIO	Quisiera	
	que esta casilla algún alcázar fuera	1410
	para que fuera dino el aposento	
	de un hombre de su igual merecimiento.	
	Venga mil veces en buen hora y crea	
	que con la voluntad servido sea	
	cuando las fuerzas falten al deseo.	1415
CONDE	Muy obligado voy y, porque es justo	
	remitir a las obras lo que os debo,	
	ellas darán, Florencio, el testimonio.	
FLORENCIO	Envialde luego.	
CONDE	Haré que venga al punto.	
	Guárdeos el cielo.	
FLORENCIO	El mismo, Conde ilustre,	1420
	prospere vuestra vida largos años.	

[Vase el Conde]

	A ventura he tenido que me mande	
	el Conde alguna cosa.	
LOPE	Es un gran príncipe.	
FLORENCIO	Entra, Lope, a llamar a mis dos hijas,	
	que quiero darles cuenta del suceso	1425
	porque en casa se viva con recato.	
LOPE	Yo sé muy bien que guardarán silencio.	
	Mas ellas vienen; diles lo que pasa.	

Luciana, Violante y Inés

1428*Acot*   *y*: en el siglo xvii solo se empleaba la conjunción *e* ante palabras que comenzaran por la letra *i* cuando se usaba un estilo elegante.

FLORENCIO	Agora se partió de nuestra casa,
	hijas, el conde Próspero.
VIOLANTE	¿Tenemos,
	por dicha, casamiento de crïado?
FLORENCIO	Lejos de la verdad, Violante, has dado.
	Un hombre quiere que le tenga en casa,
	hombre que ni pretende ni se casa,
	que es un don Pedro, un primo hermano suyo
	que se esconde por ciertas cuchilladas.
LUCIANA	¿Y hombres que tratan de teñir espadas
	metes en casa tú?
FLORENCIO	Luciana, advierte
	que se ganan amigos de esta suerte
	y que el Conde es un príncipe discreto,
	de quien tiene la corte gran conceto.
	¿Fuera bien que esconderse le negara
	a un hombre de sus prendas cara a cara?
	¿Qué importa que le tenga aquí seis días?
	Escondeos vosotras si esto os cansa.
LUCIANA	Señor, nadie replica a lo que es justo,
	que basta para serlo ser tu gusto.

Lines: 1430, 1435, 1440, 1445

Éntrase Teodoro

TEODORO	No sé si me atreva a entrar.
LOPE	Un hombre ha entrado.
LUCIANA	¿Quién es?
TEODORO	Dadme, señor, esos pies.
FLORENCIO	Los brazos os quiero dar,
	que en el mirar y el recato
	conozco que sois el primo
	del Conde.

Lines: 1450

1434   *pretende*: 'buscar conseguir algo'.

TEODORO   En veros me animo
                           con tal nobleza y buen trato.   1455
                           Don Pedro soy, a quien manda
                           venir el Conde a serviros.
                           No tengo más que deciros
                           de que tras mis pasos anda
                               el rigor de mis contrarios.   1460
                           Ya mi vida en vos estriba.
FLORENCIO   Yo pondré, para que viva,
                           los remedios necesarios.
TEODORO   Señoras, dadme perdón,
                           que a los hombres retraídos   1465
                           trae siempre divertidos
                           el temor de la prisión.
                               Mal güesped os vengo a ser,
                           mas no me puedo escusar,
                           que, habiéndome de fïar,   1470
                           lo mejor supe escoger,
                               y aunque el débito acobarda,
                           que me aseguro os confieso
                           de que no puedo ser preso
                           con dos ángeles de guarda.   1475
LUCIANA   Estad seguro, señor,
                           de que aquí seréis servido
                           no como habrá merecido
                           tan generoso valor,
                               mas como posible sea.   1480
FLORENCIO   Prevenid el aposento.
LOPE   Creed que daros contento
                           toda la casa desea.
FLORENCIO   Si os agradare el jardín,

1458-1459 *deciros / de que*: esta estructura, que actualmente se considera un caso de de-
queísmo, estaba permitida en la lengua del siglo XVII.
1461   *estriba*: 'se funda, se apoya'.
1465   *retraídos*: 'refugiados en algún lugar para tener asilo'.
1466   *divertidos*: aquí, con el sentido de 'distraídos, despistados'.

en él os entretendréis;   1485
si libros también queréis,
que son amigos en fin,
   ahí tengo las novelas
del Cintio. Alegraos, que todo
se acaba en bueno o mal modo,   1490
por dinero o por cautelas.
   Cerraremos bajo y alto,
y a todo rigor también;
hay tapias que pueden bien
dar paso a cualquier asalto.   1495
   No estéis triste.

TEODORO   (No estuviera
si este villano de amor
a lo del competidor
escondido no me diera;
   que quiero, en efeto, bien   1500
a quien me hace andar ansí.)

FLORENCIO   Como eso pasó por mí
en mi mocedad también,
   si quisiéredes salir
y ver de noche quién pasa,   1505
yo tengo gente en mi casa
de quien os podéis servir,
   y aun yo, si vuelvo a tomar
la espada, me iré con vos.

TEODORO   Guárdeos muchos años Dios,   1510
que ansí sabéis animar

1488-1489   *novelas / del Cintio*: Giovanni Battista Giraldi, «Cinthio» (1504-1573) fue un
escritor nacido en la ciudad italiana de Ferrara, conocido especialmente por su obra *Ecatommiti* (1565), una colección de cien *novelle* a la manera de Boccaccio y Matteo Bandello.
Existió una traducción parcial al español de esta obra en 1590 a cargo de Luis Gaitán de
Vozmediano y las historias contenidas en *Ecatommiti* sirvieron de inspiración para el argumento de diversas obras teatrales de los siglos XVI y XVII en Europa, incluyendo varias
compuestas por el propio Lope de Vega. Véase al respecto Romera Pintor [1999:370-371].
1491   *por cautelas*: 'mediante mañas y astucias'.

a los hombres afligidos.
Yo no he de salir, señor,
que es fuerte el competidor
y llegará a sus oídos.   1515
    Mas mientras dura esta fama,
con vos tomaré consejo
para engañar cierto viejo
que es padre de aquesta dama,
    que con esto podré vella   1520
y ha de venir a ser mía.

FLORENCIO   Quien ama con osadía
no tema contraria estrella.
    Yo os diré cosas notables
con que a ese padre engañéis   1525
porque cierto que tenéis,
don Pedro, partes amables.
    Aquí pasaréis muy bien
esta fortuna que os corre.

TEODORO   Si la vuestra me socorre   1530
ya me doy el parabién.

FLORENCIO   Entraos al jardín en tanto
que se os hace el aposento.

TEODORO   Yo voy con mucho contento.

                    Vase Teodoro

FLORENCIO   Hijas, nunca yo me espanto   1535
    de aquello por que pasé.
Mozo fui, peligro tuve,
acuchillé, preso estuve,
llegó el tiempo y sosegué.
    Este ilustre caballero   1540

1516 *fama*: 'noticia', en alusión a la supuesta pelea en la que se ha visto envuelto Teodoro
y que ha motivado que deba ocultarse.
1526 *porque... tenéis*: el verbo 'ser' está elidido en este verso.
1529 *esta... corre*: 'esta desgracia que os persigue'.

	habemos de regalar	
	si me queréis obligar.	
LUCIANA	Servirle si gustáis quiero.	
LOPE	¿Qué tropel de gente es esta?	
INÉS	Dos turcos están aquí	1545
	y un paje.	
FLORENCIO	¿Turcos a mí?	
INÉS	¿Qué les daré por respuesta?	
FLORENCIO	Que entren turcos o quien sea;	
	no nos han de cautivar.	
LUCIANA	(¡Qué bien lo supe engañar!	1550
VIOLANTE	Él mismo tu bien desea.)	

Entra Riselo, dos turcos con platos y una cantimplora de plata

RISELO	El Conde, mi señor, con gran secreto	
	me mandó que trujese esta comida,	
	mas no me dijo para quién.	
FLORENCIO	No era,	
	señor, esta comida necesaria.	1555
	Gracias a Dios que en casa se le diera.	
	Tomad, Lope [y] Inés, los platos presto,	
	pues que su señoría gusta de esto.	
TURCO	A la noche volvemos por el plato.	
	Guardar el cantimplora.	
LOPE	¿No trujera	1560
	un turco de vosotros siempre el vino?	
TURCO	En Espania bebemos con tocino.	

1542 *me queréis obligar*: 'queréis ganaros mi voluntad'.

1548-1549 *Que entren... cautivar*: la alusión de fondo son los asaltos que los corsarios turcos y del norte de África en ocasiones hicieron en costas españolas para lograr cautivos, aunque los turcos que llegan a la casa de Florencio son en realidad esclavos del conde Próspero. La mayoría de los esclavos turcos en la España de la época habían sido forzados a este tipo de vida tras ser capturados en la mar o en incursiones en el norte de África (Domínguez Ortiz 1992:292).

1551*Acot cantimplora*: en el siglo XVII era una vasija que servía para enfriar agua.

1562 *En... tocino*: la respuesta irónica del esclavo turco a la pregunta de Martes se fundamenta en dos alimentos prohibidos por el islam: una bebida alcohólica como el vino y la

Vanse

FLORENCIO   Pésame de que el Conde no se fíe
                 de nuestra casa en regalar su primo.
                 Querrá cumplir su obligación en esto   1565
                 y poco importa, pues se ha de ir tan presto.

Entra Claridán

CLARIDÁN   Con vuestra licencia entré
                 porque el Conde me ha mandado
                 que dé a don Pedro un recado.
FLORENCIO   Agora al jardín se fue   1570
                     y le llevan la comida.
CLARIDÁN   Camarero soy del Conde;
                 ningún secreto me esconde.
FLORENCIO   Ni aquí habrá quien os lo impida,
                     pero voyle hablar primero.   1575

Vase

CLARIDÁN   Id en buen hora. ¿Qué cosa
                 has hecho tan ingeniosa?
                 De risa, por Dios, me muero.
                     Mas si el Conde quiere ver
                 este don Pedro, ¿qué haremos?   1580
LUCIANA   Algún achaque pondremos
                 que le pueda entretener
                     mientras los dos nos casamos.
VIOLANTE   Quien hizo el primer enredo
                 hará otros mil.

---

carne de cerdo. La forma «Espania», así como la intervención de los vv. 1559-1560, responden a la imitación del habla de los árabes que se utiliza en el teatro barroco, estudiado,
entre otros, por Montesinos [1929:218-226] y Case [1982].

LUCIANA	Cierta quedo	1585

de que seguros estamos.

   ¿Pero no ves cómo el Conde
piensa que va caminando
Teodoro, a quien regalando
él propio en mi casa esconde?   1590

CLARIDÁN   Ya lo estoy viendo, Luciana,
y que de puro discreto
ha dado tan loco efeto
a su confïanza vana.

   Lope viene alborotado.   1595

Entra Lope

LOPE   Teodoro y señor están
a la mesa, Claridán,
que el viejo se ha convidado.

   Bien parecen suegro y yerno,
pero advierte que está aquí   1600
don Pedro.

VIOLANTE   ¿El mi novio?

LOPE   Sí.

VIOLANTE   Y está mi cansancio eterno.

CLARIDÁN   Violante, hablémosle bien,
que en este don Pedro fundo
mi bien.

VIOLANTE   Pues enfade al mundo   1605
como te importe tan bien.

   Vente adentro, Claridán,
que ya es del Conde esta casa.

CLARIDÁN   Voy a ver cómo lo pasa
Teodoro.

1603-1605 *Violante... bien*: estos versos de Claridán sin duda tendrían que ser recitados con un tono irónico, dados sus celos hacia este contrincante amoroso y la respuesta algo sarcástica de Violante (vv. 1605-1606).

LOPE   Comiendo están   1610
                 él y el viejo con mil cuentos,
                 que el alma que dentro mora
                 de la fría cantimplora
                 le ha dado lindos alientos.

                 [*Vase Claridán.*] *Entra don Pedro*

DON PEDRO   Si te parece, Violante,   1615
                 que tomo apriesa licencia,
                 aborrece con paciencia,
                 pues yo soy con ella amante,
                 que aunque te juré arrogante
                 desenamorarme presto,   1620
                 no se junta para esto
                 consejo de aborrecer
                 tan presto como a querer,
                 que se halla todo dispuesto.
                 Presto un hombre se enamora   1625
                 hasta que se vuelve loco,
                 pero después poco a poco
                 se aparta y desenamora.
                 Para amar he visto agora
                 que hasta rendir los despojos   1630
                 entra un hombre sin enojos
                 y halla el camino trillado,
                 mas para volver mojado
                 quizá en llanto de los ojos.
                 Término vengo a pedirte   1635
                 de otros tres días si quisiera
                 para olvidarte, que fuera
                 imposible persuadirte
                 que tengo por solo oírte,

1612-1614   *el alma... alientos*: es decir, 'el vino refrescado en la cantimplora les ha anima-
do el espíritu'.

1640

Violante, de aborrecerte,
y apenas sé conocerte,
pues caminando a otra parte
pienso que voy a olvidarte
y debo de ir a quererte.

    Otras cosas he mirado 1645
y, aunque me parecen bien,
no tienen aquel desdén
con que de ti voy picado.
Pon, señora, más cuidado
en aborrecerme más; 1650
pero no, que me darás
más ocasión de quererte,
porque para aborrecerte
me has de amar y no querrás.

VIOLANTE   ¡Con qué pensada oración, 1655
don Pedro, me persüades!

DON PEDRO Pensarse pueden verdades,
y cuantas digo lo son.

VIOLANTE   En fin, ¿me pides tres días
para acabar con tu amor? 1660

DON PEDRO Tienen de perder temor
tus ojos las ansias mías,
    que bien sé que no han de ser
tres ni tres mil poderosos.

VIOLANTE ¿Tantos sujetos hermosos 1665
no te esfuerzan a querer?

DON PEDRO   Como al hombre que ha comido,
aunque de un príncipe vea
la mesa, no le recrea
ni le despierta el sentido, 1670
    ansí a mí, muerto el deseo,
me dan notables enojos

1669   *le recrea*: 'le alegra'.

                    —como te llevo en los ojos—
                    cuantas hermosuras veo.
VIOLANTE   Pues don Pedro, a mí me importa   1675
                    que me aborrezcas.
DON PEDRO   Y a mí,
                    quererte.
LOPE   El Conde está aquí.
LUCIANA   Pues la plática reporta
                    y en esta silla te asienta
                    porque en medio de las dos   1680
                    disimules.

                          Entra el Conde

CONDE   Guárdeos Dios.
LUCIANA   De que venga estoy contenta
                    el Conde a tal ocasión.
CONDE   Solas pensé que os hallara.
LUCIANA   Aquí está el señor don Pedro,   1685
                    por quien escribí la carta.
CONDE   Téngame vuesamerced
                    por muy suyo.
DON PEDRO   Mi tardanza
                    estuvo en no conoceros.
CONDE   A Florencio esta mañana   1690
                    hablé para que os tuviese
                    como a hijo en esta casa
                    y ansí me lo prometió,
                    y bien se ha visto que os guarda
                    con cuidado, pues la cierra   1695
                    y apenas del patio pasa
                    quien sospechoso parezca.

1673 *como... ojos*: don Pedro recurre a una idea popularizada desde el Renacimiento de
que el amor entraba por los ojos y que en ellos permanecía una impresión de la imagen
de la mujer amada.
1678 *la plática reporta*: 'pon fin a la conversación'.

LUCIANA	(¿Lo ves que el Conde le habla
	en razón de mi papel?)
DON PEDRO	La nobleza que acompaña 1700
	aquel antiguo valor
	que publican vuestras armas,
	las banderas enemigas,
	la coronada celada,
	los anales, las historias 1705
	que reverencia la fama
	y en los archivos del tiempo
	para memoria se guardan,
	¿qué podrían prometer
	sino que esa mano franca 1710
	mi protección tomaría
	y que a Florencio en [su] casa
	daría dos mil consejos
	dinos de sangre tan alta?
	Porque tengo más amor 1715
	que méritos ni esperanzas,
	aunque Violante crüel
	siempre me responde ingrata.
CONDE	Eso, ¿mas luego queréis
	a Violante y a esta casa 1720
	por esa ocasión venís,
	que no es la pendencia tanta
	como su hermana me ha dicho?
DON PEDRO	Favor me ha dado su hermana
	y Florencio favorece 1725
	mis partes, pero no bastan.
CONDE	Yo pensé que solo aquí,
	don Pedro, os trujo a causa
	de las heridas.
DON PEDRO	Heridas

1704 *celada*: la pieza de la armadura que servía para cubrir la cabeza. Es «coronada» por la fama de las victorias militares del linaje del Conde.

	tengo que el alma me pasan	1730
	y la mayor, Conde ilustre,	
	aborrecerme sin causa.	
CONDE	¿Luego por ella las distes?	
DON PEDRO	Por ella y por agradalla	
	haré hazañas espantosas.	1735
CONDE	Si supiera que os trataba	
	Violante de esa manera,	
	tratara yo de ablandarla.	
	¿Pues poneros a peligro	
	entre tantas cuchilladas	1740
	os paga de esa manera?	
DON PEDRO	De esa manera me paga,	
	que me acuchilla el amor	
	por tantas partes el alma.	
CONDE	Lindamente os ha venido	1745
	la pendencia, pues es causa	
	de que retraído aquí	
	solicitéis vuestra dama.	
DON PEDRO	Pendencias tengo con ella	
	harto sangrientas y estrañas,	1750
	que quiere que la aborrezca	
	y me ha mandado olvidarla.	
CONDE	No os hallará la justicia	
	por más que os busque.	
DON PEDRO	No guarda	
	justicia porque la pido	1755
	piedad.	
CONDE	Perdonad, Luciana,	
	que hablar[a] al señor don Pedro,	
	que conocer deseaba.	
	Disculpa mi dilación.	
LUCIANA	Pues ya sabéis lo que pasa.	1760
	Que le deis favor os ruego.	

1755-1756 *la pido / piedad*: 'le pido piedad', pues se trata de un caso de laísmo.

CONDE   El ser vuestro gusto basta.
               ¿Cómo no me preguntáis
               de Teodoro?

LUCIANA   Porque cansa
               mucho esta casa Teodoro   1765
               después que otro dueño aguarda.

CONDE   Ya está fuera de Madrid.

LUCIANA   ¡Válgame Dios!

CONDE   Él os valga,
               y con fuerza os salió
               esa admiración del alma.   1770

LUCIANA   Malicias no han de faltar.

CONDE   Esta noche, a las diez dadas,
               os quiero hablar sin testigos.

LUCIANA   Si no es que don Pedro anda
               por la casa, yo saldré.   1775

CONDE   Ya sé todas sus desgracias
               y le he de fiar las mías
               antes que de casa salga.

LUCIANA   En fin, ¿Teodoro se fue?

CONDE   Bravamente os toca al arma   1780
               esta ausencia de Teodoro.

LUCIANA   ¿Fue muy lejos la jornada?

CONDE   A ver un sobrino mío.

LUCIANA   ¿Volverá presto?

CONDE   Si tarda,
               para vos volverá presto;   1785
               si no, será ausencia larga,
               que pasará de seis meses.

LUCIANA   La salud no le haga falta
               y nunca vuelva de allá.

CONDE   Por esa sola palabra   1790
               una cadena os prometo

1764   *cansa*: 'molesta, enfada'.
1780   *os toca al arma*: 'os inquieta'.

que cien diamantes engasta,
y voyme porque no quiero
dar sospechas, que quien ama
por pesado se descubre.   1795
Violante, adiós.

VIOLANTE   Ya mi hermana
confiesa, Próspero ilustre,
que os está muy obligada.

CONDE   (Una palabra, don Pedro.

DON PEDRO   ¿Vueseñoría qué manda   1800
a un esclavo que aquí tiene?

CONDE   Pues le truje a esta casa
y con Violante procuro
que conquistemos su gracia,
me pague en el mismo oficio   1805
con la divina Luciana.

DON PEDRO   Serviré a vueseñoría
por obligaciones tantas.

CONDE   Si salieren enemigos,
lleve a su lado mi espada   1810
porque son las más seguras
cuando señores las sacan.

DON PEDRO   Bésoos mil veces los pies.

CONDE   ¿Pues para qué me acompaña?

DON PEDRO   Iré con vos a la puerta.   1815

CONDE   ¿Eso ha de hacer? ¡Ni aun mirarla!
¿No ve que lo puede ver
por la puerta o la ventana
quien lo diga a la justicia?

DON PEDRO   Pues eso no importa nada,   1820
que no es casarse delito.

CONDE   En tanto que se levanta
el herido, es lo mejor
que no sepan lo que pasa.)
Adiós, señoras.

LUCIANA   Adiós.   1825

[Vase el Conde]

VIOLANTE	Grande nobleza.
DON PEDRO	Estremada,
	y los señores ansí
	cierto que roban las almas.
LOPE	Al salir me dio este anillo.
INÉS	A mí, esta bolsa dorada. 1830
LOPE	¿Hay tal príncipe?
INÉS	Es el dar
	un soberano monarca.
DON PEDRO	Gran llaneza de señor.
LOPE	En no lo mostrar se engañan
	algunos notablemente, 1835
	que de cortesías llanas
	a ningún mortal sombrero
	el tafetán se le gasta.
DON PEDRO	Aficionado le quedo,
	pero no mucho me agrada 1840
	su entendimiento.
LUCIANA	¿Por qué?
DON PEDRO	Porque en metáforas habla.
	No sé qué dice de heridas,
	presos, justicias, espadas,
	esconderse, retraídos 1845
	y otras cosas a esta traza.
LUCIANA	Son usos nuevos de corte.
DON PEDRO	Yo os tengo mal ocupadas.
	Guárdeos Dios.
VIOLANTE	Él mismo os guarde.
DON PEDRO	De vuestra injusta venganza. 1850

1836-1838 *cortesías... tafetán*: es decir, que la tela de un sombrero no se gasta por que su dueño haga muchas cortesías descubriéndose la cabeza. El tafetán es un tipo de tela de seda, que por su calidad era empleado en muchos vestidos de los miembros de la nobleza.

Vase

LUCIANA	¿Qué te parece?
VIOLANTE	Que ha sido

la cosa más bien trazada
que he visto en mi vida,
pues piensa el Conde que habla
con don Pedro retraído   1855
por fingidas cuchilladas
y habla con este de suerte
que el uno al otro se engañan,
y entretanto está Teodoro
por orden suya en tu casa   1860
—aunque piensa que le tiene
mil leguas de ti, Luciana—
con gusto de nuestro padre.
donde los dos le regalan.

LUCIANA   Ve, Lope, delante y mira   1865
si juegan u de qué tratan
suegro y yerno.

LOPE   Voy delante.

[Vase Lope]

En río vuelto hay ganancia.

LUCIANA   En fin, ¿te agrada, Violante,
la invención?

VIOLANTE   Ser tuya basta,   1870
que mujeres y crïados
pueden revolver a España.

Fin de la segunda [jornada] de Mujeres y criados

1867Per   LOPE : VIOLANTE *M*

1868   *En río... ganancia*: variación del refrán más conocido bajo la forma «A río revuelto,
ganancia de pescadores», el cual ya estaba extendido durante los siglos xv y xvi. Véase Dr.
Castro [2004:84].

3.ª JORNADA DE *MUJERES Y CRIADOS*

EMILIANO	LOPE
FLORENCIO	INÉS
DON PEDRO	MARTES
EL CONDE	LUCIANA
RISELO	TEODORO
CLARIDÁN	[CRIADOS]
VIOLANTE	

ACTO TERCERO

Salen Emiliano y Florencio

EMILIANO   Hame dado, Florencio, gran contento
que esté don Pedro allá tan admitido.

FLORENCIO   ¿Quién os lo ha dicho? Que en el alma siento   1875
que sepan que le tengo retraído.

EMILIANO   De que le honréis con tan honesto intento
estoy, como es razón, agradecido.

FLORENCIO   Antes quiero dejaros satisfecho,
que solo el conde Próspero lo ha hecho   1880
y todo fue temor de la justicia.

EMILIANO   ¿Qué temor, qué justicia u a qué afecto?

FLORENCIO   Ciertas heridas son y la malicia
fue bien temer, que es el contrario inquieto.

EMILIANO   ¿Qué contrarios, qué heridas? Si codicia   1885
solo serviros.

FLORENCIO   Que pensé, os prometo,
que sabíades todo lo que pasa
como tratastes de que está en mi casa.
Yo anduve necio. Cosas son de mozo;
ya sabéis que los años juveniles   1890
traen estos disgustos y alborozos,
que celos tienen siempre efetos viles.
Nunca prometen más seguros gozos;
la vida y el honor roban sutiles.
El Conde le honra, en fin, como a pariente   1895
y por él le servimos yo y mi gente.
¿Qué me mandáis?

EMILIANO   No tengo qué advertiros.

FLORENCIO   El cielo os guarde.

EMILIANO   Vuestro bien deseo.

Vase Florencio

¿Para tanta vejez, tan flacos tiros?
Necio, don Pedro, en conservarme os veo   1900
tras de esto. De mis canas encubriros
no fue respeto ya, sino deseo.
¿A dónde le hallaré? Pero allí viene.
¿Pues cómo sale si enemigos tiene?

Sale don Pedro

DON PEDRO   Amor, que nunca das lo que prometes   1905
y como niño pides lo que has dado,
que no hay segura edad, que no hay estado
que no turbes, derribes y inquïetes.
    Amor, que no hay libranza que no acetes
y al tiempo de pagarla ya has quebrado,   1910
aunque luego te rindes despreciado
y siempre a los cobardes acometes.
    Amor, vestido de incostantes lunas,
hijo de la esperanza y del desprecio,
necio mil veces y discreto algunas,   1915
    ¿quién de discreto te ha de dar el precio,
pues donde descansas más, más importunas?
Importunar es condición de necio.
EMILIANO   Quisiera hallarte en más secreta parte
para dar el castigo a tus locuras,   1920
Pedro, que como padre puedo darte,
pues ya conozco que mi fin procuras.
Mas ya que heriste un hombre, ¿que guardarte
de la justicia y de otras desventuras

─────────

1899   *flacos tiros*: 'tiros sin fuerza'.
1909   *libranza*: 'orden de pago'. El soneto de don Pedro está construido en torno al tópico
de la inconstancia y dificultades que presenta el amor, pero Lope emplea al mismo tiempo
una serie de imágenes ligadas al comercio y las promesas de pago.

	supiste en una casa tan honrada?	1925

    supiste en una casa tan honrada? 1925
    ¿Que no es milagro no sacar la espada?
      Dime, ¿por qué saliste de esta suerte
    y más teniendo tantos enemigos?
    ¿Pues no era padre yo para tenerte
    más guardado entre deudos o entre amigos? 1930
    Dícenme que el herido está a la muerte.
    Pues si te prenden, ¿faltarán testigos?
    ¡Oh, Pedro, tú caminas a matarme!

DON PEDRO   Ni acierto a responderte ni a enojarme.
      Yo, ¿herido a nadie?

EMILIANO   ¡Qué gentil silencio! 1935
    ¡Pregúntale a Florencio lo que pasa!

DON PEDRO   Es verdad que en su casa de Florencio
    hallé un mancebo, aunque es tan noble casa
    —mas de un mármol, por Dios, no diferencio—,
    si bien con celos el amor me abrasa, 1940
    porque él tuvo la mano presta al puño
    y yo también, señor, la espada empuño,
      mas ni me acometió ni dijo nada.
    Ansí nos estuvimos escondidos.

EMILIANO   ¿Ninguno de los dos sacó la espada? 1945
    ¿Pues quién son los que están de muerte heridos?
    Porque sin sangre ni pendencia honrada,
    ¿quién ha visto los hombres retraídos?
    Tú niegas y tú mientes, mas responde:
    ¿por qué te ayuda y favorece el Conde? 1950

DON PEDRO   Porque sirve a Luciana y le parece
    que yo he de ser marido de Violante,

1939   *mas... diferencio*: 'soy discreto y callado', en el sentido de no decir nada que pueda ir en contra del honor de otra persona. La misma expresión la usa Lope en *El vaquero de Moraña*: «Yo me morderé los labios; / de un mármol no diferencio» (Lope de Vega, *El vaquero de Moraña*, ed. M. Menéndez Pelayo, p. 565).

1946   *quién son*: 'quiénes son'. El uso del pronombre singular referido a un antecedente plural era usual en el español del siglo XVII.

y yo sé que Violante me aborrece
y debe de tener secreto amante.

EMILIANO   Esa sospecha, Pedro, te enloquece   1955
y te ha puesto en peligro semejante.
Vuelve, vuélvete a casa de Florencio
y guarda el retraimiento y el silencio.

DON PEDRO   Eso haré yo por lo que amor codicia:
conquistar el desdén de aquella ingrata.   1960

EMILIANO   Mira que no te tope la justicia.

DON PEDRO   ¿A mí, señor?

EMILIANO   ¿No han de prender quien mata?

DON PEDRO   Pues prendan a Violante.

Vase don Pedro

EMILIANO   ¡Qué malicia!
¡Qué mal en las costumbres me retrata!
¡Ay, hijos! Cuando buenos, duráis poco;   1965
cuando malos, volvéis a un padre loco.

Entra el Conde, Riselo y criados

RISELO   ¿Nunca te ha escrito Teodoro?

CONDE   Debe de estar enojado,
que estará desengañado
de que a su Luciana adoro.   1970
Pues fío de mi sobrino
que le sepa entretener.

RISELO   En fin, ¿él no ha de volver?

CONDE   Que será tarde imagino.

EMILIANO   No por cumplimientos vanos,   1975
que en mi edad nunca lo son
hallando tal ocasión,
os quiero besar las manos.
Muy poco he dicho: los pies
me dé vuestra señoría.   1980

CONDE   Levantaos, por vida mía;
                 no me hagáis ser descortés.
EMILIANO   Padre de don Pedro soy,
                 a quien Florencio ha contado
                 lo que allí le habéis honrado   1985
                 y en la obligación que estoy;
                     mil años os guarde el cielo
                 para que a todos nos deis
                 tanto favor.
CONDE   Vos podéis
                 perder cualquiera recelo   1990
                     que del peligro tengáis
                 a donde está retraído.
                 Yo, a lo menos, le he servido
                 —no porque lo agradezcáis—
                     lo más que posible fue,   1995
                 pues dije públicamente
                 que es don Pedro mi pariente
                 y aun primo le llamé.
EMILIANO   Pues crea vueseñoría
                 que no habrá perdido honor,   2000
                 supuesto que su valor
                 serlo del rey merecía,
                     porque Pedro es muy hidalgo.
                 Que en el valle de Carriedo
                 tengo un solar con que puedo   2005
                 por noble mantenerme en algo
                     y no me faltan dineros,
                 que es la más cierta hidalguía
                 que ofrezco a vueseñoría.
CONDE   Mucho debo agradeceros   2010
                     tal voluntad, tal intento.

_____

2004-2006   *Que... algo*: el valle de Carriedo está situado en Cantabria y llegó a gozar de jurisdicción propia hasta el siglo XIX. Recuérdese que, en el siglo XVII, tener raíces familiares en la región de la Montaña (de ahí la alusión al «solar» del v. 2005) se consideraba una prueba de hidalguía.

EMILIANO	De todo sois dueño vos.	
RISELO	No lo ofrezca, que, por Dios,	
	que acete el ofrecimiento.	
EMILIANO	Pues ya, señor, que sabéis	2015
	los pasos de este rapaz	
	y su intento pertinaz	
	tan noble favorecéis,	
	pedid a Florencio guste	
	de casarle con Violante,	2020
	que de otro secreto amante	
	recelo que se disguste,	
	que os juro que la nobleza	
	que como primo le dais	
	no perdéis ni deslustráis,	2025
	porque puede ser cabeza	
	de algún linaje de España	
	estimado por el nombre.	
CONDE	Yo le tengo por un hombre	
	cuya persona acompaña	2030
	tanta virtud como honor,	
	y ansí a Florencio hablaré	
	y la respuesta daré.	
EMILIANO	Mil años viváis, señor,	
	que yo voy muy confïado	2035
	de la merced que le hacéis.	
CONDE	En el efeto veréis	
	si he puesto amor y cuidado.	

Vase Emiliano

RISELO	A grandes cosas te obliga	
	de Luciana el amor.	
CONDE	Creo	2040
	que me ha de hacer el deseo	
	que mil imposibles siga,	
	mas pues con esta ocasión	

de tratar el casamiento
de don Pedro, a mi tormento,   2045
a mi engaño, a mi prisión,
    daré alivio con hablar
a Luciana. Ven, Riselo,
que de otra suerte recelo
que pueda el vivir durar.   2050

[*Vanse Riselo y el Conde.*] *Claridán y Violante*

CLARIDÁN   Con razón me lamento,
bellísima Violante, de mi suerte,
pues por Teodoro siento,
supuesto que por él merezco verte,
las muchas dilaciones   2055
que para el fin de nuestro intento pones.
    Él, con aqueste enredo
que Luciana ha fingido, retraído,
goza de ver, sin miedo
del Conde, el bien que hubo ya perdido,   2060
mas yo voy dilatando
el bien que voy perdiendo y deseando.
    Que don Pedro porfía
y el engañado Conde favorece
su intento y su osadía,   2065
y, en fin, un largo amor premio merece.
Casarase Teodoro
y yo te perderé porque te adoro.
VIOLANTE   ¡Qué villanas sospechas!
¡Qué malnacidos pensamientos vanos,   2070
si no es que te aprovechas
de la ocasión que tienes en las manos,
pues los aborrecidos
suelen dar celos, pero son fingidos!
CLARIDÁN   ¿Fingidos son, Violante?   2075
Quien ama con verdad, ¿que finja celos?

Entra don Pedro

DON PEDRO	(¡Siempre he de hallar delante
	la injusta causa de mis celos, cielos!
	¿No es este el que escondido
	espantó mis principios de marido? 2080
	¿Qué haré, que estoy muriendo?)
CLARIDÁN	En fin, Violante, yo he de ver mi muerte.
DON PEDRO	(Y yo, ¿qué estaré viendo?)
CLARIDÁN	¿Qué quieres, que Teodoro desconcierte
	todas mis esperanzas? 2085
DON PEDRO	(Con este son, ¿qué amor no hará mudanzas?)
VIOLANTE	¿Qué sinrazón te quejas?
CLARIDÁN	¿Cuándo has visto razón en los celosos?
DON PEDRO	(Con harta a mí me dejas.)
CLARIDÁN	Violante, entre dos novios enfadosos 2090
	hay más razón que pidas.
DON PEDRO	(¡Mas que han de ser verdad estas heridas!)
VIOLANTE	Don Pedro es este.
CLARIDÁN	¡Ay, cielos!
DON PEDRO	(Ya me han visto.) ¡Oh, señora, Dios os guarde!
CLARIDÁN	(Notablemente celos 2095
	hacen valiente al hombre más cobarde.)
VIOLANTE	Vos seáis bienvenido.
DON PEDRO	¿Qué hacéis ociosa aquí?
CLARIDÁN	(¡Yo estoy perdido!)
VIOLANTE	Por el Conde, su dueño,
	al señor Claridán le preguntaba. 2100
CLARIDÁN	(Si con este me empeño
	y la paciencia la razón acaba,
	gran mal espero.) Es tarde,
	señora. ¿Qué mandáis?
VIOLANTE	Que Dios os guarde.

2089   *Con... dejas*: 'Con gran sinrazón me dejas', por elipsis.

Vase Claridán

DON PEDRO   Porque no os canséis de mí   2105
                   sobre lo que estáis, señora,
                   no me atrevo a pedir celos
                   de este galán, de esta sombra.
                   En fin, me tenéis de suerte
                   que de lo que me congoja   2110
                   apenas oso advertiros.
                   Callo, aunque razón me sobra.

VIOLANTE   Nunca os he visto discreto,
                   don Pedro, si no es agora.

DON PEDRO   ¿Tan necio soy?

VIOLANTE   ¿Pues no es necio   2115
                   quien visita a quien enoja;
                   quien quiere a quien le aborrece;
                   quien presta de quien no cobra;
                   quien sigue a quien huye de él;
                   responde a quien no le nombra,   2120
                   y se burla con los filos
                   de la espada que le corta?

DON PEDRO   ¿No dicen que amor entonces
                   merece lauro y corona
                   cuando persevera firme   2125
                   y los agravios adora?

VIOLANTE   Es verdad, pero eso es
                   cuando esperanzas le esortan,
                   cuando favores le animan
                   que por imposibles rompa.   2130
                   Pero si nuestro concierto

2123-2126   *¿No... adora?*: la idea de perseverar en el amor a pesar de los rechazos de la
dama que expone aquí don Pedro está en la base del amor cortés, que permea la concepción amorosa de principios del siglo XVII.
2124   *lauro*: 'triunfo'.
2128   *esortan*: 'exhortan'.

es obligación forzosa,
para desenamoraros
daros términos por horas,
¿quién os ha de agradecer   2135
que compitáis con las rozas
en firmezas y con los polos
en que la máquina toda
del cielo sus cursos mueve?

DON PEDRO   Para tan difícil cosa   2140
como es desenamorar
a quien de vos se enamora
quisiera algunas liciones,
porque yo no he de ir por rosas
a las plantas de Tesalia,   2145
ni donde la luna llora.
Suplícoos que me las deis.

VIOLANTE   Por lo que veros me asombra,
por lo que me cansa hablaros
y que me dejéis me importa,   2150
oíd algunas liciones.

2134   *daros... horas*: 'avisándoos de manera inmediata y recurrente'. Se trata de una expresión proveniente del ámbito legal.

2136   *rozas*: un tipo de matas o hierbas que se obtienen al trabajar la tierra.

2137   *polos... mueve*: Lope refleja en estos versos la concepción tolemaica del universo que dominaba el pensamiento cosmológico de la época. Según esta visión del mundo, el mecanismo (la *machina coeli* o «máquina [...] del cielo») responsable de los movimientos celestes («cursos») de los astros que giraban alrededor de la Tierra tenía en los polos los lugares que servían de quicios para su movimiento. De acuerdo con la metáfora empleada por Violante, los polos son especialmente firmes por asentarse ahí los ejes de la máquina de los cielos.

2144-2146   *yo no... llora*: 'yo no voy a buscar remedios imposibles para desenamorarme'. Tesalia es una región del noreste de Grecia que se asociaba en los siglos XVI y XVII con la hechicería y con plantas que tenían propiedades maravillosas, mientras que la imagen de «donde la luna llora» remite a un espacio lejano. Lope usa unas imágenes similares en su comedia *La vengadora de las mujeres*: «¿A qué monte de la luna, / a qué Tesalia has quitado / las hierbas, o quién te ha dado / conocimiento de alguna / que rinda su voluntad?» (Lope de Vega, *La vengadora de las mujeres*, f. 59v).

2151-2187   *oíd... liciones*: esta conversación entre Violante y don Pedro remite al tema de los *remedia amoris* o remedios para olvidar a la persona amada, que diversos autores ofrecieron en sus escritos desde época clásica (por ejemplo, en el poema de Ovidio titulado precisamente *Remedia Amoris*).   *liciones*: 'lecciones'.

DON PEDRO	Este libro de memoria
	sacaré para escribillas.
	Ea.
VIOLANTE	Vaya.
DON PEDRO	Diga.
VIOLANTE	Ponga:

es el primer argumento   2155
no pensar en la persona
que se quiere.

| DON PEDRO | Está muy bien. |
| VIOLANTE | Porque si despacio toma |

sus partes el pensamiento,
volverase un alma loca.   2160
La segunda es no la ver.

| DON PEDRO | Esta tiene mucha costa. |
| VIOLANTE | Pues viéndola no es posible |

si este edificio se apoya
en privarse de la vista,   2165
que, en viendo una cosa hermosa,
el más firme bambolea
y el más fuerte se trastorna.
La tercera, esta es más fácil.

| DON PEDRO | Diga a ver. |
| VIOLANTE | Buscar a otra. |

                                                          2170
Y si es su dama discreta,
por lo menos no sea tonta.
Aquí pondrá sus deseos:
si es noble fingirá historias

2152   *libro de memoria*: era el nombre que recibían en el siglo XVII los cuadernos que servían para tomar notas y apuntes.

2162   *costa*: aquí tiene el sentido metafórico de 'fatiga, trabajo'.

2163-2168   *viéndola... trastorna*: la idea del peligro de la mirada a la hora de olvidar un amor se fundamenta en la idea neoplatónica de que el amor es un deseo de hermosura que entra por la vista, idea que se popularizó en Europa desde el Renacimiento.

2167   *bambolea*: 'se tambalea, oscila'.

	y si trata de interés,	2175
	hará plato de la bolsa,	
	que tras ella se irá el alma;	
	que mil hombres se apasionan	
	mucho más de lo que gastan	
	que de los gustos que gozan.	2180
	Bastarán estas liciones.	
DON PEDRO	Tres puntos son que me tornan	
	loco; repetillos quiero	
	porque mejor me disponga.	
	Lo primero es no pensar:	2185
	dad licencia que responda	
	contra la primer lición.	
VIOLANTE	Darle las liciones sobra	
	sin que en el poste argumente.	
	No soy dotor, que soy novia.	2190
DON PEDRO	Razón será que el maestro	
	a los dicípulos oiga.	
	Yo me pongo a no pensar	
	porque el olvido socorra	
	mi amor. Si en no pensar pienso,	2195
	que pienso es cosa notoria,	
	luego no pensar no puedo.	
VIOLANTE	Que en argumentos me coja	
	no es mucho si a tantos piensos	
	vuesamerced se acomoda.	2200
DON PEDRO	A la lición del no ver,	
	que no es justo que me corra	
	responde el alma, que tiene	

2175 *interés*: 'ganancia económica, lucro'.
2176 *hará... bolsa*: 'ofrecerá su dinero'.
2184 *me disponga*: 'me prepare'.
2189 *en el poste argumente*: la frase alude a la expresión «asistir al poste», que se empleaba para describir el momento en las clases universitarias cuando los catedráticos, después de haber dictado una lección, bajaban de su cátedra y esperaban a los alumnos para resolver sus dudas (de ahí la respuesta de don Pedro en los vv. 2191-2192).

esas dos ventanas solas
que Dios hizo para ver 2205
la hermosura de las cosas,
por donde el entendimiento
de su calidad se informa.
Al amar otra mujer
pienso que el amor se dobla, 2210
porque dice quien lo sabe
que el amor no se soborna.
Pues si se ha de acrecentar
amor mudándole en otra,
toda la lición es falsa. 2215

VIOLANTE   Pues, señor, Dios le socorra,
que no hallo más en mis libros.

DON PEDRO   Vuestro entendimiento forja
remedios que me destruyen,
porque si se abrasa Troya 2220
y decís que le den nieve,
la de los Alpes es poca.

Entra Lope

LOPE   Un poco tengo que hablarte
si estás sola.

VIOLANTE   Sola estoy.

DON PEDRO   Bien dice, pues yo me voy 2225
y —cansado de cansarte,
¡oh, larga desdicha mía!—
Violante dice verdad,
porque no hay más soledad
que una necia compañía. 2230

2204-2206   *dos ventanas... cosas*: metáfora por 'ojos'.
2210   *se dobla*: aquí, con el sentido de 'se resiste, se inclina hacia el lado contrario'.

Vase don Pedro

LOPE	¿Qué quiere este tonto aquí?	
VIOLANTE	Quiere olvidar y querer.	
LOPE	¿Dos contrarios pueden ser?	
VIOLANTE	Es necio y piensa que sí.	
LOPE	Ansí, señora, te veas	2235
	casada con Claridán,	
	hidalgo, noble y galán,	
	que yo sé que lo deseas,	
	que quites, pues tú podrás,	
	a Inés del entendimiento	2240
	de Martes el casamiento,	
	pues no fue bueno jamás;	
	porque, si no ha sido treta	
	con que me quiere matar,	
	que con él se ha de casar	2245
	me dice en cada estafeta,	
	y Martes, que es tan crüel,	
	¿cómo a Inés le regocija,	
	pues no se ha de casar hija	
	ni aún urdirse tela en él?	2250
	Si quieres a Claridán,	
	hazme, señora, este bien.	
VIOLANTE	Yo haré que tiemple el desdén	
	y los celos que te dan	
	advierte que son martelos.	2255
LOPE	Plega a los cielos que goces	

2246   *estafeta*: 'correo'.
2249-2250   *no... en él*: alusión al refrán «En martes, ni tu kasa mudes, ni tu hixa kases, ni tu rropa taxes» (Correas, *Vocabulario de refranes*, ed. Combet, p. 135), con el que ya había jugado el mismo Lope en relación con el nombre del criado Martes en los vv. 615-616.
2253   *tiemple*: variante de 'temple', empleada en la lengua del siglo XVII y usada por Lope en diversos lugares de su producción.
2255   *martelos*: 'galanteos'.
2256   *Plega a los cielos*: 'Agrade a Dios'. La intervención del criado Lope se asocia a un subgénero poético menor de la alabanza que se contrapone a las maldiciones.

a tu marido sin voces,
sin disgustos y sin celos;
  no veas necesidad;
plata ni vestido empeñes;   2260
duermas segura y no sueñes
ni prisión ni enfermedad;
  de la seda y tela fina
en vestidos te fastidies
y nunca en la iglesia envidies   2265
las galas de tu vecina;
  no veas tus enemigos
soberbios de sus venganzas
ni te engañen confïanzas
de tus mayores amigos;   2270
  cubras de plata el chapín
y tengas casa que sea
con sol en el azotea
y con sombra en el jardín;
  nunca de ir donde quisieras   2275
tu esposo se sobresalte
y jamás coche te falte,
que es centro de las mujeres;
  no dure tu suegra un mes
y, en lo que toca a enviudar,   2280
llores, no des qué llorar,
y holanda cubra tus pies.

VIOLANTE Escóndete, Lope, allí,
que pienso que viene.

LOPE   El cielo
te guarde y me dé consuelo.   2285

2271 *chapín*: un tipo de calzado femenino hecho de corcho y forrado de cordobán.
2277-2278 *jamás... mujeres*: el coche como objeto de deseo femenino por motivos amorosos y de prestigio social aparece con cierta frecuencia en la literatura del siglo xvii, incluyendo la producción de Lope, tal y como ha estudiado García Santo-Tomás [2003].
2278 *centro*: 'objeto de atracción'.
2282 *holanda*: se trata de un tipo de lienzo muy fino y de calidad con el que se hacían sábanas.

[*Escóndese Lope.*] *Entra Inés*

INÉS	(No sé qué piensa de sí
	esta mi ama incostante,
	pues no han de durar mil años
	estos sus locos engaños.)
VIOLANTE	Inés.
INÉS	¿Señora Violante? 2290
VIOLANTE	¿Qué hace mi hermana?
INÉS	Allá está
	con su don Pedro fingido.
VIOLANTE	¿Claridán es ido?
INÉS	Es ido.
VIOLANTE	¿Ha mucho? Llégate acá
INÉS	Agora, en aqueste instante. 2295
VIOLANTE	Inés, Lope se ha quejado,
	celoso y desesperado,
	de que Martes se adelante
	a pretender fiesta en ti.
	Si quieres tener buen año, 2300
	sácale de aqueste engaño.
INÉS	¿Lope se queja de mí
	de manera que me arguyas
	de tan injustos efetos?
	¿Húrtole yo sus concetos? 2305
	¿Vendo mis cosas por suyas?
	¿Canto yo con otros grillos
	y en su fin al cisne agravio?
	¿Sustento yo, por ser sabio,
	que es inorante en corrillos? 2310
	¿Cuándo procuré envidiosa
	que su opinión se consuma?
	¿Cuándo murmuré su pluma

2308 *en... agravio*: alude Inés aquí a la idea que se tenía en la época de que los cisnes entonaban un hermoso canto justo antes de morir («en su fin»).

ni dije mal de su prosa?

No tiene Lope razón.   2315

VIOLANTE De Martes solo se queja,
por quien dice que le deja
tu mal fundada opinión.

INÉS   ¡Ay, Violante! Aunque es verdad
que le doy celos con Martes,   2320
todas son fingidas artes
para cazar voluntad.

Ansí procuro tener
más seguros sus cuidados,
que quieren ser maltratados   2325
los hombres para querer.

Pero si verdad te digo,
por él me consumo.

LOPE   (Ansí,
pues, yo sabré desde aquí
cómo habéis de andar conmigo.)   2330

VIOLANTE Siendo de esa suerte, Inés,
no tengo qué te rogar.
A mi hermana voy hablar.

INÉS   Quiero que segura estés
de que toda soy de Lope.   2335

Vase Violante. Sale Lope

LOPE   ¿Está señor por aquí?
INÉS   ¿Es Lope?
LOPE   Pienso que sí.
INÉS   En hora buena te tope.
LOPE   Eso de tope es muy propio
para ramiros, Inés,   2340

2314   prosa : pluma *M*

2340   *ramiros*: 'carneros'. El chiste radica en que Lope se siente engañado por Inés y, por consiguiente, como un pretendiente cornudo.

	y aunque por propio le des,	
	quisiérale Lope impropio.	
	¿Con quién hablabas?	
INÉS	¿Agora?	
	Con Violante.	
LOPE	¿Y esperabas	
	algún Martes con otavas?	2345
INÉS	Ya le he dicho a mi señora	
	el estado de mi amor	
	porque de ti me asegura	
	que el tuyo mi bien procura.	
LOPE	Fue de mi señora error	2350
	y no debe de saber	
	que me traen un casamiento.	
INÉS	¿Casamiento?	
LOPE	No te miento.	
INÉS	¿Con quién?	
LOPE	Con una mujer.	
INÉS	¿Tú te casas?	
LOPE	¿Por qué no?	2355
	¿Qué defetos ves en mí?	
INÉS	No lo digo por ti,	
	que por mí lo digo yo.	
LOPE	¡Oh, si vieses la mujer!	
	Es un puro Escarramán.	2360
	Una noche de San Juan	
	no tiene tanto placer.	
	Tierna como una zamboa;	

2360   *Es... Escarramán*: 'Es bravucona y rufianesca'. Escarramán es el nombre de un personaje del hampa sevillano que disfrutó de un nutridísimo éxito en los escenarios españoles del siglo XVII, como ha estudiado Di Pinto [2005].

2361-2362   *Una... placer*: alusión a las fiestas y celebraciones populares que tienen lugar la noche de San Juan (la noche del 23 al 24 de junio).

2363   *zamboa*: se trata de un fruto relacionado con el membrillo, aunque de tamaño y terneza mayores.

la ceja la tinta ecede,
con una boca que puede   2365
alcanzar de popa a proa;
   pestañas como de raso;
ojos como dos soles;
dientes parecen de iguales
sonetos de Garcilaso;   2370
   la garganta y los gargüeros,
que eceden la nieve pura,
por lo de cisne y blancura
se pueden llamar Cisneros;
   manos como de papel   2375
y toda, si no te pesa,
como tapador de inglesa
o como hojuelas con miel.

INÉS   ¿Que con desvergüenza igual
   en que te casas me hables?   2380

LOPE   ¿No tiene partes notables?

INÉS   Desmáyome.

LOPE   No hagas tal.

INÉS   Pues dejareme caer.

LOPE   Ansí estaremos vengados,
   que quieren ser maltratados   2385
   los hombres para querer.

Entra Martes

MARTES   (¡Que un día que venga aquí

2364 *la ceja... ecede*: es decir, que esta supuesta amante de Lope es uniceja y su ceja es tan grande que la tinta que las mujeres de la época empleaban como perfilador es insuficiente para darle forma.
2367 *raso*: un tipo de tela de seda y brillante.
2371 *gargüeros*: la parte superior de la tráquea.
2374 *Cisneros*: nombre de una villa palentina que dio origen a un apellido.
2377 *tapador de inglesa*: 'sayo hecho con cierto tipo de tela'.
2378 *como... miel*: 'muy dulce'.

	he de hallar este picaño	
	siempre ocupado en mi daño!)	
INÉS	¿Es Martes?	
MARTES	Un tiempo fui	2390
	Martes de Carnestolendas,	
	pero ya...	
INÉS	Calla, que vienes	
	a tiempo, que darme tienes	
	el calor de ciertas prendas.	
MARTES	¿En qué te puedo servir?	2395
LOPE	Inés, aunque venga Martes	
	no es bien que con él te apartes	
	y que me dejes morir,	
	que todo ha sido burlando.	
MARTES	Hágase el lacayo allá,	2400
	que cuando conmigo está	
	la estoy como dueño honrando.	
LOPE	Sacaré la del perrillo	
	contra el lacayo alquilón.	
INÉS	Aquí no ha de haber cuistión.	2405
MARTES	Pues hombre de Peralvillo,	

2388   *picaño*: 'pícaro, holgazán'.
2391   *Martes de Carnestolendas*: es decir, Martes de Carnaval.
2394   *prendas*: 'regalos que demuestran el amor de una persona'.
2403   *la del perrillo*: 'la espada del perrillo'. Se trata de un tipo de espada con filo cortador
y en cuya hoja figura una marca que se ha identificado con un perrillo. Se refiere a esta espada, por ejemplo, Cervantes en el *Quijote*: «Tú a pie, tú solo, tú intrépido, tú magnánimo,
con sola una espada, y no de las del perrillo cortadoras» (Miguel de Cervantes, *Don Quijote
de la Mancha*, ed. F. Rico, vol. I, p. 765). Se ha propuesto que esta marca o bien perteneció
al armero morisco Julián del Rey, activo en Toledo y Zaragoza, como afirma Rodríguez
Llorente [1964], o bien que sería en realidad la figura de un león y que se trataría de la
marca empleada por las autoridades de Zaragoza para certificar las espadas de calidad
contrastada, como defiende Dueñas Beráiz [2000:277-280].
2404   *alquilón*: forma despectiva para referirse a los objetos o personas capaces de alquilarse.
2405   *cuistión*: variante de «cuestión», que aquí significa 'gresca, riña'.
2406   *hombre de Peralvillo*: 'hombre inquieto y apresurado, que actúa antes de juzgar la
situación'. Peralvillo es un poblado en la provincia de Ciudad Real donde la Santa Her-
mandad ajusticiaba a los delincuentes. De ahí surgió el refrán «La xustizia de Peralvillo,
ke ahorkado el onbre házíale peskisa del delito» o « La xustizia de Peralvillo, ke después

¿tú tienes atrevimiento
contra quien en la naval
se halló detrás de un fanal
por ponerse en salvamento?   2410
¡Hoy morirás sin remedio!

LOPE   ¿Sin remedio? ¡Estraño caso!

INÉS   Caballeros, ¡paso, paso!
Miren que estoy de por medio.

LOPE   ¿Pues qué es lo que se ha de hacer?   2415

INÉS   Que proponiendo él y Martes
méritos, servicios, partes,
juzgue de quién he de ser.

MARTES   Yo digo que soy hidalgo
como un caballo alazán,   2420
franco como un gavilán
y ligero como un galgo.

Soy como un gallo cantor
y diestro como un tahúr,
y no hay desde el norte al sur   2425
más reverendo amador.

Mis servicios personales
Inés los diga por mí.

---

de ahorkado el onvre le leen la sentenzia del delito» (Correas, *Vocabulario de refranes*, ed. Combet, p. 187).

2408   *la naval*: probablemente se alude aquí a la batalla de Lepanto, la gran batalla naval por antonomasia para los españoles de principios del siglo xvii. La comedia que Lope escribió sobre este tema conocida como *La Santa Liga* tiene como título alternativo *La batalla naval* [Oleza *et al.* 2012:*La Santa Liga*]. Esto exagera la función cómica de la referencia, pues no solo alude Martes a su cobardía en la batalla, sino que muestra que es todo mentira al referirse a una batalla naval que había tenido lugar hacía más de cuarenta años.

2409   *fanal*: es el nombre que recibe cada uno de los grandes faroles colocados en la popa de los buques y que servían como insignia de mando.

2413   *paso, paso*: interjección usada para poner paz entre quienes riñen.

2417   *partes*: 'dotes naturales'.

2420   *caballo alazán*: un caballo con el pelo rojizo o muy parecido al color de la canela.

2421   *franco... gavilán*: 'generoso, agradecido'. Se trata de una expresión basada en la atribución al gavilán (un tipo de ave rapaz) de las virtudes de la generosidad y el agradecimiento desde los bestiarios medievales.

LOPE   ¿Ha dicho?

MARTES   Cuido que sí.

LOPE   Oiga.

MARTES   Diga.

LOPE   En casos tales   2430
                tengo de ser Mandricardo
                de la bella Doralice.

MARTES   Veamos lo que nos dice.

LOPE   Soy por estremo gallardo;
                el sombrerito en los ojos,   2435
                sirviéndole [de] puntales
                los bigotes criminales,
                negros, porque no son rojos.
                Es negocio temerario
                lo que es la fisonomía.   2440

2429   *Cuido que sí*: 'Considero que sí'.

2431-2432   *Mandricardo... Doralice*: Mandricardo y Doralice son personajes del *Orlando furioso* de Ludovido Ariosto. Mandricardo es rey de Tartaria que raptó a la bella princesa española Doralice, quien estaba comprometida con el rey africano Rodamonte. Después de una serie de aventuras, cuando Mandricardo y Rodamonte estaban a punto de enfrentarse, Doralice declaró que escogía como esposo a Mandricardo, para enfado de Rodamonte.

2435   *sombrerito... ojos*: es decir, que la copa del sombrero cubría la frente de Lope y le llegaba hasta los ojos.

2437   *bigotes criminales*: 'bigotes excesivamente grandes y cuidados'. La imagen de los «bigotes criminales» referida a la persona muy pendiente de su apariencia la emplea Lope en su comedia *El ausente en el lugar*: «Todo hombre cuya persona / tiene alguna garatusa, / o cara que no se usa, / o habla que no se entona, / todo hombre cuyo vestido / es flojo o amuñecado, / todo espetado o mirlado, / todo efetero o fruncido, / todo mal cuello o cintura, / todo criminal bigote, / toda bestia que anda al trote, / es en la corte figura» (Lope de Vega, *El ausente en el lugar*, ed. A. Madroñal, vv. 1800-1811).

2438   *negros... rojos*: la necesidad de la alusión radica en la asociación implícita que hace Lope entre la idea de «criminal» (en relación con sus bigotes) y la idea tópica en la época de que Judas, el criminal por antonomasia por haber traicionado a Jesús, era pelirrojo. De ahí que Lope aclare que su bigote es de color negro.

2439   *negocio*: en este caso, con el sentido de 'quehacer' y 'utilidad'.

2440   *fisonomía*: aquí no solo se refiere al 'aspecto del rostro una persona', sino a las ideas en torno a la fisiognomía o el estudio del carácter de una persona a partir de sus rasgos físicos y sobre todo de su rostro, que se habían ido desarrollando a finales de la Edad Media y en los siglos XVI y XVII a partir de la tradición iniciada en la Antigüedad. Puede mencionarse al respecto, por ejemplo, la obra de Bartolomeo della Rocca, «Cocles», titulada *Chyromantie ac physonomie Anastasis* (1504), donde la fisiognomía se relaciona con la práctica de la

De estraordinaria podía
hacer un vocabulario.
Soy saludador.

MARTES   ¿Él?

LOPE   Sí,
que tengo salud agora
y saludo a cualquier hora   2445
a quien me saluda a mí.
Canto como un sacristán
y bebo como una esponja,
y güelo como toronja
o yerba de por San Juan.   2450
Mato cosas de comer
y como lo que otros matan.
Trato de aquello que tratan
y callo si es menester.
Porque sepan que estudié,   2455
sé latín y griego niego,
porque si yo lo sé en griego,
¿cómo sabrán lo que sé?

-----

quiromancia; la obra de Giovanni Battista della Porta titulada *De humana physiognomonia libri IIII* (1586), donde se examina la influencia del temperamento en la configuración del rostro de los individuos, o los cinco volúmenes del médico Marin Cureau de La Chambre titulados *Les Charactères des passions* (1640-1662), donde relaciona las características de las personas a partir de varios rasgos, incluyendo sus rasgos faciales. Sobre este tema, véase Caro Baroja [1987].

2443   *saludador*: el chiste radica en que el término significa tanto 'persona que devuelve la salud a enfermos' (como lo interpreta Martes) como 'persona que saluda' (tal y como refiere Lope en los vv. 2445-2446).

2447   *Canto... sacristán*: el sacristán es la persona encargada de ayudar al sacerdote en el cuidado de la iglesia y en los preparativos para la celebración de la misa. Entre sus funciones estaba la de tañer la campana de las iglesias y la figura quedó relacionada con el canto también en varios refranes: «Como canta el abad, responde el sacristán» y «Los dineros del sacristán, cantando se vienen y cantando se van».

2450   *yerba de por San Juan*: en la mañana del día de San Juan era tradicional ir a recoger hierbas, sobre todo las olorosas o medicinales, pues se pensaba que tenían efectos amorosos, como recoge Caro Baroja [1979:202-205].

2456-2458   *sé latín... lo que sé*: alusión al número limitado de estudiosos que tenían nociones sólidas de griego clásico, tema que aparece con frecuencia en las sátiras del siglo XVII contra la falsa erudición.

INÉS	Visto por mi tribunal
	lo probado y alegado,
	fallo que Lope ha ganado.
LOPE	¿Yo, vítor?
MARTES	Tal para tal.

INÉS   Visto por mi tribunal
lo probado y alegado,   2460
fallo que Lope ha ganado.
LOPE   ¿Yo, vítor?
MARTES   Tal para tal.
La sentencia ha sido, en fin,
como tuya.
INÉS   Eso la abona.
MARTES   Porque sea tal persona   2465
de lacayo tan ruïn.
LOPE   Corrido va.
MARTES   ¿Yo, por qué?
Antes libre de ser toro.

Vase Martes. Entran Luciana y Teodoro

LUCIANA   Presumiendo voy, Teodoro,
que te cansa tanta fe.   2470
TEODORO   De esperar estoy cansado,
pero no de estar aquí
favorecido de ti.
Pero, en efeto, encerrado,
el Conde con la ocasión   2475
que tú le diste aquí viene,
con que celoso me tiene
de tanta conversación.
Pienso que me has encerrado

2462   *vítor*: 'vencedor'. El término «vítor» o «víctor» era el que se escribía en una pared o un cartel para celebrar la gesta o promoción académica de una persona.
2464   *abona*: 'acredita'.
2467   *Corrido*: 'Avergonzado'.
2468   *ser toro*: puede verse aquí un doble juego de palabras. Por un lado, cuando alguien conseguía un título de doctor era tradicional en algunas universidades que costeara una corrida de toros, y como Lope ha sido declarado «vítor» (que era el término con el que los doctores ilustraban su cartel celebratorio), Martes teme ser el toro que protagonizará la corrida correspondiente. Por otro lado, es posible que Martes también afirme burlescamente que, al no ser el elegido de Violante, estará libre de ser un cornudo.

	para solo hablar con él,	2480
	que ha sido industria crüel	
	en que yo he sido engañado.	
LUCIANA	Aquí están Lope [y] Inés.	
	¡Hola! Salid allá fuera.	
LOPE	(¿Mas que hay alguna quimera?	2485
INÉS	Celillos son.	
LOPE	Eso es.)	

Vanse [Lope y Inés]

LUCIANA	Hermoso pago me das
	de engañar a un padre viejo
	y a un señor.
TEODORO	Ese es consejo
	que yo no te di jamás,	2490
	pues cuando yo me partía
	la carta me hiciste abrir,
	porque estorbarme el partir
	fue industria tuya y no mía.
	El Conde, que no pudiera	2495
	verte una vez en un año,
	viene mil con este engaño,
	que ha sido linda quimera.
	Él te visita y aun sé
	que viene hablarte de noche.	2500
	Tú sales y él, en el coche,
	ya por el Prado te ve,
	ya por la calle Mayor,

2485   *quimera*: 'riña, pelea'.
2502-2503   *Prado... Mayor*: el paseo del Prado era un lugar de recreo para los madrileños
de la época. Estaba situado justo en las afueras de la villa y era un camino de tierra arbolado,
con un arroyo, un puentecillo y fuentes. A sus lados había pequeños solares, principalmente huertas. Por su situación y características era un espacio a medio camino entre la ciudad
y el campo, y servía con frecuencia como lugar de galanteo. La calle Mayor era la principal
vía de Madrid en el siglo XVII. Dado el tránsito de gente que pasaba por ella, era un

y como que es para mí
te regala el Conde a ti.   2505
Que ha sido estraño primor,
   de suerte que vengo a ser
de estas cartas la cubierta
y el Tántalo de esta güerta,
donde no puedo comer.   2510
Lindamente me encerraste
y al Conde a casa trujiste.

LUCIANA   Siempre, Teodor, loco fuiste;
siempre ingrato me pagaste.
   ¿Yo, por ver al Conde aquí,   2515
tracé este engaño, Teodoro?
¿No dirás: «porque te adoro
y no apartarte de mí»?
   ¡Cuáles sois los hombres todos
cuando ya locas nos veis!   2520
Vos cansáis, vos ofendéis,
vos vais con tan bajos modos.

---

lugar de encuentro y de solicitudes amorosas, sobre todo por parte de mujeres en busca de galanes que les compraran regalos. Juan Ruiz de Alarcón, por ejemplo, así la describe: «La calle Mayor / pienso que se ha de llamar, / porque en ella ha de callar / del más pequeño al mayor. / Porque hay arpías rapantes / que, apenas un hombre ha hablado, / cuando ya lo han condenado / a tocas, cintas y guantes» (Ruiz de Alarcón, *Mudarse por mejorarse*, ed. M. Sito Alba, vv. 477-484). Ambos son espacios madrileños muy populares en el siglo XVII, relacionados con el ocio, el paseo y el galanteo (Herrero García 1963:184-193; Deleito y Piñuela 1968:44-51, 62-67), y ya entonces asociados con frecuencia, como se ve en el entremés cantado *El casamiento de la calle Mayor con el Prado Viejo*, de Luis Quiñones de Benavente.

2506   *primor*: 'habilidad', en referencia al engaño urdido por Violante.

2508   *cubierta*: aquí no solo tiene el sentido recto de 'sobre', sino también el figurado de 'pretexto', dado que Teodoro está acusando a Luciana de usarlo como pretexto para ver más al Conde.

2509-2510   *Tántalo... comer*: alusión a Tántalo, personaje de la mitología griega que fue castigado por los dioses debido a los crímenes atroces que había cometido en vida a ser eternamente torturado en el Tártaro, un hondo abismo que servía como mazmorra. Su castigo consistía en un deseo sin satisfacción posible, pues estaba en un lago bajo un árbol lleno de frutos, pero cuando Tántalo intentaba beber o comer acuciado por la sed y el hambre, el nivel del agua descendía o las ramas se elevaban, haciendo imposible que los alcanzara.

TEODORO	¿El lienzo a los ojos llegas?
	¿Esta es ocasión de llanto?
	No ha sido el agravio tanto. 2525
	Deja el lienzo, que los ciegas.
	Mira que ya me avergüenzo.
LUCIANA	Fuiste a los ojos ingrato
	y como a muertos los trato,
	que los amortajo en lienzo. 2530
TEODORO	¡Oh, nunca yo te dijera
	mis celos o mis verdades!
LUCIANA	Di «celosas necedades».
TEODORO	Vuelve a mirarme siquiera.
	Mira que no puedo estar 2535
	tanto tiempo en tu desgracia.
	Mírame o mata.
LUCIANA	¡Oh, qué gracia!
	¿Yo te tengo de matar?
TEODORO	Sí, con dejarme morir.
LUCIANA	Si yo te he de dar perdón 2540
	ha de ser con condición
	que te has...
TEODORO	¿Qué?
LUCIANA	De desdecir.

Lope entra alborotado

LOPE	¡El Conde queda aquí fuera!
LUCIANA	¡Huye, Teodoro!
TEODORO	¿Y agora
	no tengo razón, señora? 2545
LOPE	Mira, señora, que espera.
TEODORO	¡Oh, lágrimas de mujer,
	mentiras como verdades!

2523 *lienzo*: 'pañuelo'.
2526 *los ciegas*: 'ciegas los ojos'.

¡Qué de injustas amistades
sabéis y podéis hacer!   2550

Vase Teodoro. Sale el Conde

CONDE   Pásolo tan mal sin vos
que no me escuso de veros,
aunque sé que he de ofenderos.
LUCIANA   Buena disculpa, por Dios.
CONDE   Igual a vuestro decoro   2555
y a mi justa cortesía.
LUCIANA   ¿No sabe vueseñoría
cómo supe de Teodoro?
CONDE   ¿Que hubo de entrar aquí?
En fin, ¿que él os escribió?   2560
LUCIANA   Si no le respondo yo,
¿qué importa?
CONDE   ¿Y es eso ansí?
LUCIANA   El eco os ha respondido.
CONDE   ¿Cómo dice que le va?
LUCIANA   Bueno me dice que está,   2565
aunque de vos ofendido,
que en vivos celos se abrasa
porque dice que me habláis
y que a lo seguro entráis
hasta de noche en mi casa.   2570
Quéjase de que en el coche
causa de verme os ha dado
la calle Mayor y el Prado.
CONDE   ¿Cuándo os hablo yo de noche?
LUCIANA   Celos de ausente, en efeto.   2575
CONDE   Bien holgáis de hablarme en él,
pero no seáis crüel

2563   *eco*: es decir, el eco de «ansí» (v. 2562) es «sí».
2576   *hablarme en él*: 'hablarme de él'.

```
                con un hombre tan sujeto
                   que os sufre estas sinrazones,
                y mirad que tiempo es ya                    2580
                de pagarme.
LUCIANA                       ¿Quién podrá
                con tantas obligaciones?
                   Porque yo podré quereros,
                pero no podré pagaros.
CONDE           Pues yo tengo de obligaros                  2585
                cuando fui dichoso en veros.
LUCIANA           ¡Tened las manos, señor!
                ¿Qué descompostura es esta?
CONDE           Pesarle de ver compuesta
                vuestra crueldad a mi amor.                 2590
```

Entra Florencio

```
FLORENCIO       Pondrás la mesa y cenará temprano.
LUCIANA         ¡Mi padre!
FLORENCIO                  El Conde es este.
CONDE                                  ¡Oh, buen Florencio!
FLORENCIO       Señor, ¿tantas mercedes?
CONDE                                  Vine hablaros
                sobre cierto negocio de importancia.
LUCIANA         Pues yo, señor, os dejo.
CONDE                                  El cielo os guarde.   2595
LUCIANA         (¡Qué bien he satisfecho a mi Teodoro
                de que aborrezco al Conde y que le adoro!)
```

Vase

```
CONDE           Los mozos —ya pasastes por ser mozo—
                tienen, Florencio, furias en el alma
                y es que la voluntad que entonces reina      2600
```

2578   *sujeto*: 'sujetado, atrapado'.
2600   *voluntad*: la capacidad de controlar la propia conducta.

resbala fácilmente por la sangre.
Sabed, para que os hable claramente,
que don Pedro, viviendo en vuestra casa,
se ha inclinado a Violante de tal suerte
que está de amor no menos que a la muerte.   2605
Con lágrimas me pide que os lo diga
para que se la deis en casamiento,
y yo recibo de ello gran contento
porque sé que mi primo se ha empleado
en personas de méritos tan grandes   2610
que, con ser él tan noble caballero,
aún ni merece descalzarla.

FLORENCIO   Quiero
   echarme a vuestros pies tan obligado
que desde hoy más mis hijas, yo y mis deudos
tendremos como esclavos vuestro nombre   2615
y nos han de llamar vuestro apellido.

CONDE   Don Pedro quedará favorecido
y nuestra casa honrada con Violante.

FLORENCIO   ¿Quién ha tenido dicha semejante?

CONDE   Pues bien será, Florencio, que esta noche,   2620
porque yo mismo le traeré en mi coche,
el desposorio alegre se prevenga,
que él me irá a ver porque conmigo venga
galán de pensamientos, seda y oro.

FLORENCIO   Pues yo le avisaré para que os vea   2625
luego, Conde y señor, que noche sea.

CONDE   El cielo os dé mil nietos de tal yerno.

Vase

FLORENCIO   Y aumente vuestra vida un siglo eterno.
¿A quién ha sucedido tanta dicha?

2605   *está... muerte*: 'está tan enamorado que se encuentra a las puertas de la muerte', por elipsis.
2614   *desde hoy más*: 'desde hoy en adelante'.

¿Cuál hombre en tanta edad fue tan dichoso?　2630
¡Oh amor, casamentero de los cielos,
que a ti mismo te das en dote solo!
Norabuena del Conde el noble primo
estas heridas dio y en norabuena
en mi dichosa casa le escondimos.　2635
En fin, nietos tendré de un conde primos.
¡Hola! ¡Lope, Fabricio! ¡Hola! Llamadme
luego al señor don Pedro.

Entra Teodoro

TEODORO 　　　　　　　　　Siempre dicen
que oye mejor su nombre el mismo dueño.
Mirad en lo que os sirvo, que deseo　2640
saber la causa por que alegre os veo.

FLORENCIO 　　El conde Próspero aquí,
señor don Pedro, contento
me ha tratado un casamiento;
puedo decir para mí　2645
　　porque lo mucho que os quiero
casi me obliga a pensar
que soy quien se ha de casar.

TEODORO 　El Conde es gran caballero
　　y quiere favorecerme　2650
en que vuestro yerno sea,
porque si bien me desea,
¿qué mayor bien puede hacerme?

FLORENCIO 　No me respondáis ansí,
que esta casa no merece　2655
tanto bien.

TEODORO 　　　　　Ella enriquece

_____

2644　tratado : tratade M

2633　*Norabuena*: 'En buena hora, en buen momento'.

la nuestra, al Conde y a mí.
¿Y cuándo se concertó?

FLORENCIO   Agora y para esta noche,
que aquí vendrá con su coche,   2660
en que os quiere traer.

TEODORO   Y yo
le aguardaré en vuestra casa
porque aún no estoy muy seguro,
aunque amistades procuro.

FLORENCIO   Voy a decir lo que pasa   2665
a mis hijas, que sospecho
que locas se han de volver.

Vase Florencio. Entra Claridán

CLARIDÁN   ¿Qué fin intentas poner
a los enredos que has hecho?
Que en este punto, Teodoro,   2670
envía el Conde a llamar
a don Pedro.

TEODORO   No hay guardar
al Conde, a nadie, decoro
en llegando la ocasión,
Claridán, para casarme.   2675
¿Él no quiso desterrarme
y no buscó su invención?
Pues yo también, Claridán,
la contracifra busqué.
¿Yerro fue de amor?

CLARIDÁN   Sí fue.   2680

TEODORO   Pues disculpados están.

CLARIDÁN   Aquesta noche perdemos
al Conde.

2679   *contracifra*: la 'clave' para descifrar y sobrepasar los intentos del Conde por mantener a Teodoro alejado de Luciana.

TEODORO	Sí, mas ganamos
	rica hacienda y nos casamos
	donde en efeto queremos. 2685
	Cuando un señor se disgusta,
	¿qué hace?
CLARIDÁN	Despide luego,
	donde no le vale el ruego,
	aunque sea la causa injusta.
TEODORO	Pues la misma libertad 2690
	podrá tener el crïado
	si otro dueño le ha llamado
	con mayor comodidad.
CLARIDÁN	Perderemos la opinión
	con el pueblo.
TEODORO	Eso es locura. 2695
	Su gusto el Conde procura,
	pero no lo que es razón.
	Y por un viciado gusto
	no han de perder dos crïados,
	que él sabe que son honrados, 2700
	un remedio que es tan justo.
	Vámonos a prevenir,
	que el Conde, en fin, es quien es
	y nos ha de honrar después.
CLARIDÁN	Ahora bien, si del servir 2705
	tal vez hay mal galardón,
	sigamos nuestra fortuna,
	pues no hay que esperar ninguna
	si se pierde la ocasión.

2698   *viciado gusto*: pues Teodoro supone que el Conde desea a Luciana, pero no tiene intención de casarse con ella.

2703   *es quien es*: la frase se refiere a la nobleza inherente del Conde y a su necesidad de actuar de acuerdo con el ideal de comportamiento que se asocia a su condición ilustre. Para la genealogía y sentido de la expresión «soy quien soy» en la España de los siglos XVI y XVII, véase el trabajo clásico de Spitzer [1947].

[Vanse Teodoro y Claridán.] El Conde, Riselo y criados

CONDE	¿Ha venido ya don Pedro?	2710
RISELO	Ya lo estamos aguardando	
	porque para más presteza	
	llevó tu coche Ricardo.	
CONDE	¿Dijístele que viniese	
	con galas de desposado?	2715
RISELO	Ya sabe su buena dicha.	
CONDE	Yo por mi interés le caso,	
	por obligar a Violante,	
	de cuyas manos aguardo	
	la posesión de Luciana.	2720
RISELO	Pues ya don Pedro ha llegado.	

Don Pedro, muy galán, de novio

DON PEDRO	Perdone vueseñoría	
	si he tardado; si esperando	
	ya el sastre, ya el zapatero,	
	no pude más.	
CONDE	Disculpado	2725
	estáis conmigo, don Pedro,	
	solo en venir tan gallardo.	
DON PEDRO	No menos me prometía	
	vuestro generoso amparo,	
	en cuyas alas, señor,	2730
	merezco del sol los rayos.	
CONDE	Haberos hecho mi primo	
	a toda la casa ha dado	
	materia para serviros.	
DON PEDRO	No pudo favor tan alto	2735
	ser de menos noble pecho.	
CONDE	Paréceme que nos vamos.	
RISELO	¡Hachas! ¡Hola! ¡Hachas!	

2738   *Hachas*: velas de cera, grandes y gruesas, generalmente con forma cuadrangular.

CONDE	Oíd, señor don Pedro, de paso...
DON PEDRO	Ya entiendo lo que queréis. 2740
	Que me lo digáis me agravio,
	y Luciana ha de ser vuestra
	u he de vivir malcasado
	con Violante.
CONDE	¡Estoy perdido!
DON PEDRO	(¡Vive Dios, que si me caso, 2745
	que no ha de entrar por mis puertas!)
CONDE	Llega el coche.
RISELO	¡Hachas!
CONDE	Partamos.

[Vanse todos.] Violante y Luciana, de boda, muy gallardas; Inés y Lope

VIOLANTE	Descoge ese estrado bien.
INÉS	¡Esta sí que es noche!
LUCIANA	En tanto
	que no llegare el efeto, 2750
	estaré con sobresalto.
VIOLANTE	Ya no tienes qué temer
	porque habemos concertado
	declararnos con el Conde.
LOPE	(¡Que intenten estos bellacos, 2755
	Inés, rebelarse al pan
	que han comido de sus amos,
	y estas tras darles favor!
INÉS	Lope, a lo viejo te hallo.

2741 *me agravio*: 'me ofende'.
2748 *Descoge*: 'Extiende, despliega'.   *estrado*: se trata de una tarima situada en una habitación de aproximadamente un palmo de altura, que solía cubrirse con alfombras, cofines y sillas, y donde las mujeres principales se acomodaban para pasar sus ratos de ocio o donde recibían a las visitas. Como señala Fuchs [2009:14-15], el uso del estrado en la España cristiana de los siglos XVI y XVII se asimiló de la tradición árabe.
2750 *efeto*: 'el fin que se busca'.

	Mal conoces los enredos	2760
	de mujeres y crïados.	
LOPE	¡Qué sentadas y compuestas	
	están las dos en sus estrados!	
INÉS	Dos días tienen las mujeres	
	que los celebran entrambos	2765
	con notable ostentación,	
	aun queriendo y llorando:	
	uno el de casarse y otro	
	el de enviudar.	
LOPE	Habla bajo,	
	que vienen señor y el novio.	2770
INÉS	Novios dirás, que son cuatro.)	

Entran Florencio, Teodoro y Claridán

TEODORO	Es camarero del Conde	
	Claridán y el que ha tratado	
	todas mis cosas con él.	
FLORENCIO	Ya sé que ha venido a honrarnos.	2775
CLARIDÁN	A serviros como tengo	
	la obligación.	
FLORENCIO	A sentaros	
	podéis los dos mientras viene	
	quien os ha de dar las manos.	
LUCIANA	Aquí, señor Claridán.	2780
CLARIDÁN	No fuera razón quitaros	
	el lugar de vuestro esposo.	
LOPE	¡El Conde y Emilïano	
	con don Pedro!	
VIOLANTE	(¡Aquí fue Troya!	

2771Per INÉS : *om M*

2762   *compuestas*: 'mesuradas, en calma'.
2784   *¡Aquí fue Troya!*: esta expresión se utiliza para indicar el momento en el que estalla

TEODORO	¡Muerto estoy!
CLARIDÁN	¡Yo estoy temblando!) 2785

Entra el Conde y don Pedro, de novio; Emiliano; Riselo; Martes y criados

CONDE   Aquí, Florencio, a mi primo,
            al señor don Pedro traigo.

DON PEDRO   Yo, señor, vengo a serviros
            y a ser de Violante esclavo.

EMILIANO   Ya Florencio somos deudos,   2790
            ya nuestra sangre juntamos.

FLORENCIO   ¿Qué don Pedro y primo vuestro?
            A quien yo mi hija he dado
            aquí está, que no es don Pedro
            el hijo de Emilïano,   2795
            sino aqueste caballero.

CONDE   ¿Cómo es eso? ¡Haceos a un lado!
            ¿Otro don Pedro?

LOPE   Este ha sido
            de don Pedros muy buen año.

CONDE   ¿No es este que miro aquí   2800
            Teodoro, mi secretario?

TEODORO   Sí, señor. Yo soy Teodoro.

FLORENCIO   ¿Luego hay en aquesto engaño?

TEODORO   Señor, cuando me envïaste
            al Marqués, vine turbado   2805
            a despedirme a esta casa,
            donde habrá más de seis años
            que sirvo a Luciana, y ella,
            sospechosa de mi daño,
            abrió la carta y, leyendo   2810
            tu crueldad y mis agravios,

---

un conflicto o la dificultad de aquello que se trata. La frase procede de la *Eneida* en referencia a la destrucción de la ciudad asiática a manos de los griegos: «litora cum patriae lacrimans portusque relinquo / et campos ubi Troia fuit» (Vergilius Maro, *Aeneis*, ed. Conte, III,10-11).

                    sin darme parte trazó
                    el engaño en que has estado:
                    que Florencio me ha tenido
                    por don Pedro, y tú pensando   2815
                    que era el don Pedro el que traes.
                    Con Violante le has casado;
                    de tu invención aprendió.
                    Ya estoy casado. Si acaso
                    de mi remedio te ofendes,   2820
                    más quiero morir honrado
                    a los filos de tu espada
                    que en un destierro tan largo.
                    ¡Estar ausente seis meses!
CONDE   Pues ¡vive el cielo!, villano,   2825
                    que ha de ser ansí verdad.
VIOLANTE   Señor, un príncipe claro,
                    que es ejemplo a todo el mundo,
                    ¿intenta un hecho tan bajo?
                    ¿Vos contra un crïado vuestro   2830
                    la espada?
CONDE   Si es él tan malo,
                    de mi nobleza es indino.
FLORENCIO   ¿Que no es don Pedro? ¡Mataldo!
DON PEDRO   Señor, ya es hecho. No es justo,
                    pues fue su delito amando,   2835
                    que le castiguéis de culpa
                    en que vos estáis culpado.
                    Con Luciana se casó;
                    si por mí estáis enojado,
                    aquí Violante me queda.   2840
CLARIDÁN   No queda, señor hidalgo,
                    que Violante es mi mujer.

2825   *villano*: aquí, con el sentido de 'ruin, indigno'.
2827   *claro*: 'ilustre, digno'.

DON PEDRO	Eso es poco y mal hablado.
	¿Mataré yo?
CLARIDÁN	No matéis
	a nadie.
CONDE	¡Mirad si ando 2845
	bien vendido entre los dos!
	Pues hoy moriréis entrambos.
LUCIANA	Violante os rogó, señor,
	por Teodoro y me ha obligado
	a rogar por Claridán. 2850
CONDE	¡Linda libertad!
FLORENCIO	¿Qué aguardo,
	que no vuelvo por mi honor?
EMILIANO	Amigo Florencio, paso;
	no incitéis al Conde ansí.
	Vuestras hijas se han casado 2855
	con dos hidalgos muy nobles
	y de un gran señor crïados.
	Peor fuera, oíd aparte.
LOPE	Los dos están consultando
	qué harán de estos palominos. 2860
INÉS	¿Y cuántos pares son?
LOPE	Cuatro.
FLORENCIO	Conozco que esto es mejor
	y que quedo más honrado.
	Señor Conde, yo soy dueño
	de este suceso y, pensando 2865
	que de no acabarle aquí
	me resulta mayor daño,
	os pido tengáis por bien
	que crïados tan honrados
	como vuestros sean mis deudos. 2870
CONDE	Si vos lo queréis, yo callo.

2852 *vuelvo por mi honor*: 'defiendo mi honor'.
2860 *palominos*: aquí, con el sentido de 'mozos, jóvenes'.

FLORENCIO	Vos habéis de ser padrino;	
	vos habéis de perdonarlos.	
CONDE	Yo los perdono por vos	
	y a los dos les doy los brazos,	2875
	y usando de ser quien soy,	
	les doy doce mil ducados	
	de dote a estas dos señoras.	
LOPE	Y a mí, que también me caso	
	con Inés, ¿no hay cualque cosa?	2880
CONDE	A ti docientos te mando.	
LOPE	Declare vueseñoría	
	si son ducados o palos,	
	que es mal número docientos.	
CONDE	Martes lo diga.	
MARTES	Pues fallo	2885
	que le den docientos priscos.	
LOPE	¿Priscos? ¡Sin dote me caso!	
DON PEDRO	La burla viene a ser mía.	
TEODORO	Aquí puso fin Belardo	
	a lo que pasa en el mundo	2890
	por mujeres y crïados.	

*Fin de la tercera jornada de Mujeres y criados. Acabose de trasladar
en Barcelona a 8 de diciembre, día de Nuestra Señora de la Conceción,
de este año de 1631.*

———

2885Per MARTES : *om* M

2880   *cualque cosa*: 'alguna cosa'.
2886   *priscos*: se trata de un tipo de fruta relacionado con los melocotones.
2889   *Belardo*: se trata de un sobrenombre poético que Lope de Vega empleó con frecuencia
desde sus inicios como escritor, y que emerge en diversos textos a lo largo de su carrera (Morley 1951; Sánchez Jiménez 2006:2, 50, 199). La presencia de este tipo de sobrenombres literarios en las despedidas de la comedia no es infrecuente en el teatro barroco español, pues servía
para que el dramaturgo pudiera dejar constancia de su autoría sobre la pieza, aunque fuera
por medio de un seudónimo (y este a veces fuera alterado por la compañía que representaba
la obra para sustituirlo por el de un dramaturgo de más éxito en un determinado momento).
2891*Anotación   Acabose... 1631*: para el contexto de la nota final del copista y su relación con
la vida escénica de *Mujeres y criados*, véase el apartado correspondiente de la introducción.

VARIANTES EN EL MANUSCRITO

Dramatis personae Una mano distinta a la que copia escribe, en el margen del elenco de la primera jornada, «Buena chanza para mica?» M¹?

18 RISELO : <-Ris> M *Pero el sentido de los versos se ajustan a Riselo, no a Claridán*

180 de la : de <la\sa> M¹

204 pudiera : pudie<\ra> M¹?

229 vos : <yo\vos> M

263 pues ya : <-al mismo/pues ya> M

314 acompañarme : acompañar<-le\ me> M

365 temerla : <-pasar?\temer>la M

388 sus : <-sus\sus> M¹

435Per *La didascalia de* VIOLANTE *fue añadida por el copista en un relectura del pasaje*

550 curó : <-hirió\curó> M

608Per LOPE : <-Martes\Lope> M

609 *Antes del verso y al revisar el pasaje, M añadió la didascalia* LOPE *y posteriormente la tachó*

625Per LOPE : <Martes+Lope> M

856 con : <p+c>o<r+n> M

875 frente : fre<-e>nte M

1142Carta importa : impor<\ta> M

1268 hallé : ha<-ge>llé M

1271 no menos : no m<is+e>n<a?+o> s M

1505 quién pasa : <-en su casa/quién pasa> M

1509 vos : <d+v>os M

1802 Pues : <-Q> Pues M

1822 En : E<la+n> M

1834 En : E<-l\n> M

1848Per DON PEDRO : <-Ped> M

1856 por : <???+por> M

1872Texto mujeres y criados : mujeres <-Rui López de Ávalos> y criados M

Título Después de JORNADA TERCERA M *añade* Salen Emiliano

1949 *M añade al margen del verso la didascalia* EMILIANO, *que es innecesaria*

2165 privarse : pri<s+b><-b>arse M

2362 placer : <-que hacer/placer> M

2442 vocabulario : vocabularia M

2489 Ese es consejo : Ese <\es> consejo M

2598 mozo : mozo<-s> M

2636 En fin, nietos tendré de un conde primos *M repite el verso al principio del folio siguiente*

2675 casarme : casar<-se>me M

2741 digáis me agravio : digáis <-aguardo> me agravio M

2758 estas tras : est<??+as\tras> M

2836 castiguéis : castiguis M

2879 me : <-me\me> M

NOTA ONOMÁSTICA

Alaejos

Alpes

Anacreonte

Arnaldo

Atalanta

Belardo

Carriedo

Cintio

Cisneros

Claridán

Coca

Colón

Dios

Doralice

Emiliano

Eneas

Escarramán

España

Fabio

Fabricio

Flandes

Flora

Florencio

Florianica

Garcilaso

Génova

Grecia

Homero

Horacio

Guadalquivir

Inés

Jenofonte

Juan, San

Laurencio

Libio

Lidoro

Lope

Luciana

Madrid

Mandricardo

Marte

Martes

Mayor (calle)

Medoro

Ovidio

Pedro

Peralvillo

Pez (calle)

Platón

Plutarco

Prado

Próspero

Ricardo

Riselo

Sevilla

Tántalo

Teodoro

Tesalia

Tolomeo

Troya

Venecia

Violante

Virgilio

Zeusis

CARRIEDO. Figura como «Cariedo».

CISNEROS. Figura como «Çisneros».

DORALICE. Figura como «Doraliçe».

EMILIANO. Alterna entre «Emyliano» (vv. 442*Acot*, 447 y 1236*Acot*) y «Emiliano» (vv. 475, 1249, 1872*Acot*, 2038*Acot*, 2783 y 2795).

ESPAÑA. El nombre es pronunciado por un esclavo turco como «Espania» en una ocasión (v. 1562).

FABRICIO. Figura como «Fabriçio».

FLORENCIO. Figura como «Florençio», salvo en dos casos (vv. 2590*Acot* y 2667*Acot*) donde aparece como «Florencio».

GARCILASO. Figura como «Garçilaso».

GÉNOVA. Figura como «Jénoba».

GRECIA. Figura como «Greçia».

GUADALQUIVIR. Figura como «Guadalquibir».

HOMERO. Figura como «Omero».

HORACIO. Figura como «Oraçio».

LAURENCIO. Figura como «Laurençio».

LUCIANA. Figura generalmente como «Luçiana» y ocasionalmente como «Luciana» (vv. 229, 567*Acot*, 568 y 2468*Acot*).

MAYOR. Figura como «Maior».

OVIDIO. Figura como «Obidio».

PERALVILLO. Figura como «Peralbillo».

SEVILLA. Figura como «Sebilla».

TROYA. Figura como «Troia».

VENECIA. Figura como «Beneçia».

VIOLANTE. Figura como «Biolante».

VIRGILIO. Figura como «Birjilio».

ZEUSIS. Figura como «Çeusis».

BIBLIOGRAFÍA

ANDRIST, Debra D., *Deceit Plus Desire Equals Violence. A Girardiand Study of the Spanish 'Comedia'*, Peter Lang, Nueva York, 1989.

ANTONUCCI, Fausta, «Organización y representación del espacio en la comedia urbana de Lope: unas calas», en *El teatro del Siglo de Oro. Edición e interpretación*, eds. A. Blecua, I. Arellano y G. Serés, Iberoamericana-Vervuert, Madrid-Frankfurt am Main, 2009, pp. 13-27.

ARATA, Stefano, «Introducción» a Lope de Vega, *El acero de Madrid*, Castalia, Madrid, 2000, pp. 8-83.

—, «*Casa de muñecas*: el descubrimiento de los interiores y la comedia urbana en la época de Lope de Vega», en *Homenaje a Frédéric Serralta. El espacio y sus representaciones en el teatro español del Siglo de Oro*, eds. F. Cazal, C. Gonzalez y M. Vitse, Iberoamericana-Vervuert, Madrid-Frankfurt am Main, 2002, pp. 91-115.

ARELLANO, Ignacio, «Metodología y recepción: lecturas trágicas de comedias cómicas del Siglo de Oro», *Criticón*, 50 (1990), pp. 7-21.

—, «La generalización del agente cómico en la comedia de capa y espada», *Criticón*, 60 (1994), pp. 103-128.

—, «El modelo temprano de la comedia urbana de Lope de Vega», en *Lope de Vega: comedia urbana y comedia palatina*, eds. F. B. Pedraza Jiménez y R. González Cañal, Universidad de Castilla-La Mancha-Festival de Almagro, Almagro, 1996, pp. 37-59.

—, «La comedia de capa y espada. Convenciones y rasgos genéricos», en *Convención y recepción. Estudios sobre el teatro del Siglo de Orto*, Gredos, Madrid, 1999, pp. 37-69.

—, *El arte de hacer comedias. Estudios sobre teatro del Siglo de Oro*, Biblioteca Nueva, Madrid, 2011.

ARJONA, J. H., «La introducción del gracioso en el teatro de Lope de Vega», *Hispanic Review*, 7, 1 (1939), pp. 1-21.

ATIENZA, Belén, *El loco en el espejo. Locura y melancolía en la España de Lope de Vega*, Rodopi, Ámsterdam-Nueva York, 2009.

BARONA, Josep Lluís, *Sobre medicina y filosofía natural en el Renacimiento*, Universidad de Valencia, Valencia, 1993.

BOURLAND, Caroline Brown, «Boccaccio and the *Decameron* in Castilian and Catalan Literature», *Revue Hispanique*, XII (1905), pp. 1-232.

CARO BAROJA, Julio, *La estación del amor (fiestas populares de mayo a San Juan)*, Taurus, Madrid, 1979.

—, *La cara, espejo del alma*, Círculo de Lectores, Barcelona, 1987.

CASE, Thomas E., «The Significance of Morisco Speech in Lope's Plays», *Hispania*, 65, 4 (1982), pp. 594-600.

CASTRO, Américo y RENNERT, Hugo A., *Vida de Lope de Vega (1562-1635)*, Anaya, Salamanca, 1968.

CATTANEO, Mariateresa, «El juego combinatorio. Notas sobre "las comedias de secretario" de Lope de Vega», en *Amor y erotismo en el teatro de Lope de Vega. Actas de las XXV Jornadas de Teatro Clásico de Almagro*, eds. F. B. Pedraza Jiménez, R. González Cañal y E. Marcello, Festival de Almagro-Universidad de Castilla-La Mancha, Almagro, 2003, pp. 177-190.

CERVANTES, Miguel de, *Don Quijote de la Macha*, ed. dirigida por F. Rico, 2 vols., Crítica, Barcelona, 1998.

—, *Novelas ejemplares*, ed. J. García López, Crítica, Barcelona, 2001.

CHAMORRO FERNÁNDEZ, María Inés, *Léxico del naipe del Siglo de Oro*, Trea, Gijón, 2005.

CORREAS, Gonzalo, *Vocabulario de refranes y frases proverbiales (1627)*, ed. L. Combet, Institut d'Études Ibériques et Ibéro-Américaines de l'Université de Bordeaux, Burdeos, 1967.

COUDERC, Christophe, *Galanes y damas en la comedia nueva. Una lectura funcionalista del teatro español del Siglo de Oro*, Iberoamericana-Vervuert, Madrid, 2006.

CURTIUS, Ernst R., *Literatura europea y Edad Media latina*, 2 vols., Fondo de Cultura Económica, Madrid, 1988.

D'ANTUONO, Nancy L., *Boccaccio's «novelle» in the Theather of Lope de Vega*, Studia Humanitatis, Potomac, 1983.

DELEITO Y PIÑUELA, José, *También se divierte el pueblo (recuerdos de hace tres siglos)*, Espasa-Calpe, Madrid, 1966.

—, *Solo Madrid es corte (la capital de dos mundos bajo Felipe IV)*, Espasa-Calpe, Madrid, 1968.

DE SALVO, Mimma, «Sobre el reparto de *La dama boba* de Lope de Vega», *Voz y letra*, 11, 1 (2001), pp. 69-91.

DI PINTO, Elena, *La tradición escarramanesca en el teatro del Siglo de Oro*, Iberoamericana-Verveurt, Madrid-Frankfurt am Main, 2005.

DIXON, Victor, «Lope de Vega no conocía el *Decamerón* de Boccaccio», en *El mundo del teatro español en su Siglo de Oro: ensayos dedicados a John E. Varey*, ed. J. M. Ruano de la Haza, Dovehouse Editions Canada, Ottawa, 1989, pp. 185-196.

DOMÍNGUEZ ORTIZ, Antonio, «La Sevilla del XVII», en *Historia de Sevilla*, ed. F. Morales Padrón, Universidad de Sevilla, Sevilla, 1992, pp. 279-338.

DR. CASTRO, *Seniloquium. Refranes que dizen los viejos*, eds. F. Cantalapiedra y J. Moreno, *Anexos de la Revista Lemir* (2004), publicación en web <http://parnaseo.uv.es/Lemir/textos/Seniloquium/SeniloquiumEd.pdf> [consulta: 1 de octubre de 2013].

DUEÑAS BERRÁIZ, Germán, «Julián del Rey: nuevos datos sobre su figura», *Gladius*, 20 (2000), pp. 269-284.

ÉTIENVRE, Jean-Pierre, *Figures du jeu. Études lexico-sémantiques sur le jeu de cartes en Espagne (XVIe-XVIIIe siécle)*, Casa de Velázquez, Madrid, 1987.

—, *Márgenes literarios del juego: una poética del naipe. Siglos XVI-XVII*, Tamesis Books, Londres, 1990.

FERRER VALLS, Teresa, «Introducción» a Lope de Vega, *La viuda valenciana*, Castalia, Madrid, 2001, pp. 7-87.

—, (dir.), Arenas Lozano, Verónica; Badía Herrera, Josefa; De Salvo, Mimma; Gadea Raga, Alejandro; García-Reidy, Alejandro; Giordano Gramegna, Anna; González Martínez, Dolores; Noguera Guirao, Dolores; Pascual Bonís, Maite; Sáez Raposo, Francisco, *Diccionario biográfico de actores del teatro clásico español (DICAT)*, Reichenberger, Kassel, 2008.

—, *et al.*, *Base de datos de comedias mencionadas en la documentación teatral (1540-1700). CATCOM*, publicación en web <http://catcom.uv.es> [consulta 11 de octubre de 2013].

FRENK ALATORRE, Margit, «El cancionero oral en el Siglo de Oro», en *Poesía popular hispánica: 44 estudios*, FCE, México DF, 2006, pp. 159-175.

FUCHS, Barbara, *Exotic nation. Maurophilia and the Construction of Early Modern Spain*, University of Pennsylvania Press, Filadelfia, 2009.

GALIANO, Manuel F., *La transcripción castellana de los nombres propios griegos*, Sociedad Española de Estudios Clásicos, Madrid, 1969.

GARCÍA-REIDY, Alejandro, «Profesionales de la escena: Lope de Vega y los actores del teatro comercial barroco», en *«Aún no dejó la pluma». Estudios sobre el teatro de Lope de Vega*, ed. X. Tubau, Grupo Prolope-Universitat Autònoma de Barcelona, Bellaterra, 2009, pp. 243-284.

—, «Spanish *Comedias* as Commodities: Possession, Circulation and Institutional Regulation», *Hispanic Review*, 80, 2 (2012), pp. 199-219.

—, *Las musas rameras. Oficio dramático y conciencia profesional en Lope de Vega*, Iberoamericana-Vervuert, Madrid-Frankfurt am Main, 2013a.

—, «*Mujeres y criados*, una comedia recuperada de Lope de Vega», *Revista de Literatura*, LXXV, 150 (2013b), pp. 417-438.

GARCÍA SANTO-TOMÁS, Enrique, «Eros móvil: encuentros clandestinos en carruajes lopescos», en *Amor y erotismo en el teatro de Lope de Vega. Actas de las XXV Jornadas de teatro clásico. Almagro, 9, 10 y 11 de julio de 2002*, eds. F. B. Pedraza Jiménez, E. E. Marcello y R. González Cañal, Universidad de Castilla-La Mancha, Almagro, 2003, pp. 213-234.

—, *Espacio urbano y creación literaria en el Madrid de Felipe IV*, Vervuert-Iberoamericana, Madrid, 2004.

GAVELA GARCÍA, Delia, «Introducción» a Lope de Vega, *¿De cuándo acá nos vino?*, Reichenberger, Kassel, 2008, pp. 1-242.

GIULIANI, Luigi, «La *Cuarta parte*: historia editorial», en *Comedias de Lope de Vega. Parte IV*, coord. L. Giuliani, Milenio, Lleida, 2002, I, pp. 7-30.

GÓMEZ, José, *La figura del donaire o el gracioso en las comedias de Lope de Vega*, Alfar, Sevilla, 2006.

GÓNGORA, Luis de, *Romances*, ed. A. Carreño, Cátedra, Madrid, 2000.

GREER, Margaret R., «Place, Space and Public formation in the Drama of the Spanish Empire», en *Making Space Public in Early Modern Europe. Performance, Geography, Privacy*, eds. A. Vanhaelen y J. P. Ward, Routledge, Nueva York, 2013, pp. 76-97.

—, *Manos teatrales. Base de datos de manuscritos teatrales*, publicación en web <http://manosteatrales.org> [consulta 10 de febrero de 2014].

HERNÁNDEZ VALCÁRCEL, María del Carmen, *Los cuentos en el teatro de Lope de Vega*, Reichenberger, Kassel, 1992.

—, «El tema de la dama enamorada de su secretario en el teatro de Lope de Vega», en *Estado actual de los estudios sobre Siglo de Oro*, ed. M. García Martín, Universidad de Salamanca, Salamanca, 1993, vol. I, pp. 481-494.

HERRERO GARCÍA, Miguel, *La vida española del siglo XVII. Las bebidas*, Gráfica universal, Madrid, 1933.

—, *Madrid en el teatro*, CSIC, Madrid, 1963.

HESSE, Everett W., *New Perspectives on Comedia Criticism*, Studia Humanitatis, Potomac, 1980.

ISSACHAROFF, Michael, «Space and Reference in Drama», *Poetics Today*, 2, 3 (1981), pp. 211-224.

JOSÉ PRADES, Juana de, *Teoría sobre los personajes en la comedia nueva, en cinco dramaturgos*, CSIC, Madrid, 1963.

LÁZARO CARRETER, Fernando, «Funciones de la figura del donaire en el teatro de

Lope», en *«El castigo sin venganza» y el teatro de Lope de Vega*, ed. R. Doménech, Cátedra, Madrid, 1989, pp. 31-49.

MARTÍNEZ DE ZALDUENDO, Juan, *Libro de los baños de Arnedillo, y remedio universal*, Francisco Antonio de Neira, Pamplona, 1699.

MCGRADY, Donald, «Fuentes, fecha y sentido de *El perro del hortelano*», *Anuario Lope de Vega*, V (1999), pp. 151-166.

MCKENDRICK, Melveena, *Woman and Society in the Spanish Drama of the Golden Age*, Cambridge University Press, Cambridge, 1974.

METFORD, J. C. J., «Lope de Vega and Boccaccio's *Decameron*», *Bulletin of Hispanic Studies*, XXIX (1952), pp. 75-86.

MONTESINOS, José F., «Observaciones y notas», en Lope de Vega, *El cuerdo loco*, ed. José F. Montesinos, Junta para Ampliación de Estudios e Investigaciones Científicas, Madrid, 1922, pp. 133-228.

—, «Observaciones y notas», en Lope de Vega, *El cordobés valeroso, Pedro Carbonero*, ed. José F. Montesinos, Junta para Ampliación de Estudios e Investigaciones Científicas, Madrid, 1929, pp. 135-246.

—, «Algunas observaciones sobre la figura del donaire en el teatro de Lope de Vega», en *Estudios sobre Lope de Vega. Nueva edición*, Anaya, Salamanca, pp. 21-64.

MORLEY, S. Griswold, «The Pseudonyms and Literary Disguises of Lope de Vega», *University of California publications in modern philology*, 33, 5 (1951), pp. 421-484.

—, y BRUERTON, Courtney, *Cronología de las comedias de Lope de Vega*, versión española de María Rosa Cartes, Gredos, Madrid, 1968.

—, y TYLER, Richard W., *Los nombres de personajes en las comedias de Lope de Vega. Estudio de onomatología*, 2 vols., Castalia, Valencia, 1961.

MUÑOZ, Juan Ramón, «"Escribía / después de haber los libros consultado": a propósito de Lope y los *novellieri*, un estado de la cuestión (con especial atención a la relación con Giovanni Boccaccio), parte I», *Anuario Lope de Vega. Texto, literatura, cultura*, XVII (2011), pp. 85-106.

—, «"Escribía / después de haber los libros consultado": a propósito de Lope y los *novellieri*, un estado de la cuestión (con especial atención a la relación con Giovanni Boccaccio), parte II», *Anuario Lope de Vega. Texto, literatura, cultura*, XIX (2013), pp. 116-149.

NAVARRO DURÁN, Rosa, «Lope y sus comedias de enredo con motivos boccaccianos», *Ínsula*, 658 (2001), pp. 22-24.

OLEZA, Joan, «La propuesta teatral del primer Lope de Vega», en *Teatro y prácticas escénicas, II. La comedia*, ed. J. Oleza, Tamesis Books, Londres, 1986, pp. 251-308.

—, «La comedia: el juego de la ficción y del amor», *Edad de Oro*, X (1990), pp. 203-220.

—, «Alternativas al gracioso: la dama donaire», *Criticón*, 60 (1994), pp. 35-48.

—, «Del primer Lope al *Arte Nuevo*», en Lope de Vega, *Peribáñez y el Comendador de Ocaña*, ed. D. McGrady, Crítica, Barcelona, 1997, pp. IX-LV.

—, «Las opciones dramáticas de la senectud de Lope», en *Proyección y significados del teatro clásico español*, eds. J. M.ª Díez Borque y J. Alcalá Zamora, SEACEX, Madrid, 2004, pp. 257-276.

—, «Reyes risibles/Reyes temibles: El conflicto de la lujuria del déspota en el teatro de Lope de Vega», en *«Por discreto y por amigo». Mélanges offerts à Jean Canavaggio*, eds. C. Couderc y B. Pellistrandi, Casa de Velázquez, Madrid, 2005, pp. 305-318.

—, *et al.*, *Base de Datos y Argumentos del teatro de Lope de Vega. ARTELOPE*, 2012, publicación en web <http://artelope.uv.es> [consulta 10 de octubre de 2013].

OLIVA, César, «El espacio escénico en la comedia urbana y la comedia palatina de Lope de Vega», en *Lope de Vega: comedia urbana y comedia palatina. Actas de las XVIII Jornadas de teatro clásico*, eds. F. B. Pedraza Jiménez y R. González Cañal, Universidad de Castilla-La Mancha-Festival de Almagro, Cuenca, 1996, pp. 13-36.

PAZ Y MELIA, Antonio, *Catálogo de las piezas de teatro que se conservan en el Departamento de Manuscritos de la Biblioteca Nacional*, Patronato de la Biblioteca Nacional, Madrid, 1934.

PÉREZ DE MONTALBÁN, Juan, *La puerta Macarena* (BNE, Ms. 16972).

PIANCA, Alvin Hugo, *A Paleographic and Annotated Edition of Lope de Vega's Don Lope de Cardona*, Tesis Doctoral defendida en la Universidad de Wisconsin-Madison, 2 vols., 1961.

PRESOTTO, Marco, *Le commedie autografe di Lope de Vega*, Reichenberger, Kassel, 2001.

PROLOPE, *La edición del teatro de Lope de Vega: las «Partes» de comedias. Criterios de edición*, Grupo de investigación Prolope-Universitat Autònoma de Barcelona, Bellaterra, 2008.

QUEVEDO, Francisco de, *Obra poética*, ed. J. M. Blecua, 3 vols., Castalia, Madrid, 1999.

RAMÍREZ DE ARELLANO, Rafael, *Juan Rufo, jurado de Córdoba. Estudio biográfico y crítico*, Hijos de Reus, Madrid, 1912.

RÍO PARRA, Elena del, «La figura del secretario en la obra dramática de Lope de Vega», *Hispania*, 85, 1 (2002), pp. 12-21.

RODRÍGUEZ LLORENTE, J. J., «La marca del perrillo del espadero español Julián del Rey», *Gladius*, 3 (1964), pp. 89-96.

ROMERA PINTOR, Irene, «La obra de Giraldi Cinzio a través de sus traducciones», en *Lengua y cultura. Estudios en torno a la traducción*, eds. M. A. Vega y R. Martín-Gaitero, Editorial Complutense, Madrid, 1999, pp. 367-374.

ROSO DÍAZ, José, *Tipología de engaños en la obra dramática de Lope de Vega*, Universidad de Extremadura, Cáceres, 2002.

RUANO DE LA HAZA, José María y Allen, John Jay, *Los teatros comerciales del siglo XVII y la escenificación de la comedia*, Castalia, Madrid, 1994.

RUBIERA FERNÁNDEZ, Javier, *La construcción del espacio en la comedia española del Siglo de Oro*, Arco/Libros, Madrid, 2005.

RUIZ DE ALARCÓN, Juan, *Mudarse por mejorarse*, en *Mudarse por mejorarse. La verdad sospechosa*, ed. M. Sito Alba, Plaza & Janés, Barcelona, 1986.

SAGE, Jack W., «The context of comedy: Lope de Vega's *El perro del hortelano* and related plays», en *Studies in Spanish Literature of Golden Age presented to Edward M. Wilson*, ed. R. O. Jones, Tamesis Books, Londres, 1973, pp. 247-266.

SALAZAR Y BERMÚDEZ, María de los Dolores, «Querella motivada por la venta de unas comedias de Lope de Vega», *Revista de Bibliografía Nacional*, III (1942), pp. 208-216.

SÁNCHEZ JIMÉNEZ, Antonio, *Lope pintado por sí mismo. Mito e imagen del autor en la poesía de Lope de Vega Carpio*, Tamesis Books, Woodbridge, 2006.

SAN ROMÁN, Francisco de B., *Lope de Vega, los cómicos toledanos y el poeta sastre*, Imprenta Góngora, Madrid, 1935.

SERRALTA, Frédéric, «El tipo del "galán suelto": del enredo al figurón», *Cuadernos de Teatro Clásico*, 1 (1988a), pp. 83-93.

—, «El enredo y la comedia: deslinde preliminar», *Criticón*, 42 (1988b), pp. 125-137

SPITZER, Leo, «Soy quien soy», *Nueva Revista de Filología Hispánica*, 1, 2 (1947), pp. 113-127.

TIRSO DE MOLINA, *Cigarrales de Toledo*, ed. L. Vázquez Fernández, Castalia, Madrid, 1996.

—, *La serrana de la Sagra*, ed. A. Hermenegildo, Instituto de Estudios Tirsianos, Madrid-Pamplona, 2005.

TORRE Y VALCÁRCEL, Juan de la, *Espejo de la filosofía y compendio de toda la medicina teórica y práctica*, Imprenta Plantiniana de Baltasar Moreto, Amberes, 1668.

TORRES, Milagros, «Tristán o el poder alternativo: el papel dominante del gracioso en *El perro del hortelano*», en *Representation, écriture et pouvoir en Espagne à l'époque de Philippe III (1598-1621)*, eds. M. G. Profeti y A. Redondo, Publications de la Sorbonne-Università di Firenze-Alinea Editrice, Florencia, 1999, pp. 153-169.

URREA, Jerónimo de (trad.), *La primera parte de Orlando furioso*, Viuda de Martín Nucio, Amberes, 1558.

VEGA CARPIO, Lope de, *El ausente en el lugar*, ed. A. Madroñal, en *Comedias. Parte IX*, coord. M. Presotto, Milenio, Lleida, 1997, I, pp. 419-536.

—, *La bella malmaridada*, ed. E. Soler Sasera, en *Biblioteca digital ARTELOPE*, publicación en web <http://artelope.uv.es/biblioteca> [consulta: 9 de febrero de 2014].

—, *El castigo sin venganza*, ed. A. García-Reidy, Crítica, Barcelona, 2009.

—, *Lo cierto por lo dudoso*, ed. J. E. Hartzenbusch, *Comedias escogidas de Frey Lope de Vega Carpio*, Rivadeneyra, Madrid, 1853, I, pp. 455-473.

—, *La esclava de su galán*, ed. E. Cotarelo, *Obras de Lope de Vega publicadas por la Real Academia Española (nueva edición)*, RAE, Madrid, 1930, XII, pp. 135-168.

—, *La esclava de su hijo*, ed. E. Cotarelo, *Obras de Lope de Vega publicadas por la Real Academia Española (nueva edición)*, RAE, Madrid, 1916, II, pp. 161-190.

—, *Mujeres y criados* (BNE, Ms. 16915).

—, *El niño inocente de La Guardia*, ed. A. J. Farrell, Tamesis Books, Londres, 1985.

—, *El peregrino en su patria*, ed. J. B. Avalle-Arce, Castalia, Madrid, 1973.

—, *Los Ramírez de Arellano*, ed. M. Menéndez Pelayo, *Obras de Lope de Vega publicadas por la Real Academia Española*, RAE, Madrid, 1899, IX, pp. 557-594.

—, *Servir a señor discreto*, ed. F. Weber de Kurlat, Castalia, Madrid, 1975.

—, *El vaquero de Moraña*, ed. M. Menéndez Pelayo, *Obras de Lope de Vega publicadas por la Real Academia Española*, RAE, Madrid, 1897, VII, pp. 551-593.

—, *La vengadora de las mujeres*, en *Décima quinta parte de las comedias de Lope de Vega Carpio*, Fernando Correa de Montenegro-Alonso Pérez, Madrid, 1621, ff. 49r-70v.

VIRGILIO MARÓN, Publio, *Aeneis*, ed. G. B. Conte, Walter de Gruyter, Berlín-Nueva York, 2009.

VITSE, Marc, *Éléments pour une théorie du théâtre espagnol du XVIIe siècle*, Presses Universitaires du Mirail, Toulouse, 1990.

WARDROPPER, Bruce W., «Lope de Vega's Urban Comedy», *Hispanófila. Número especial dedicado a la Comedia*, 1 (1974), pp. 47-61.

—, «La comedia española del Siglo de Oro», en *Teoría de la comedia*, E. Olson, Ariel, Barcelona, 1978, pp. 181-242.

WEBER DE KURLAT, Frida, «*El perro del hortelano*, comedia palatina», *Nueva Revista de Filología Hispánica*, 24, 2 (1975), pp. 339-363.

—, «Hacia una morfología de la comedia del Siglo de Oro (con especial atención a la comedia urbana)», *Anuario de Letras*, XIV (1976a), pp. 101-138.

—, «Lope-Lope y Lope-Prelope. Formación del código de la comedia de Lope y su época», *Segismundo*, XII (1976b), pp. 111-131.

—, «Hacia una sistematización de los tipos de comedia de Lope de Vega (problemática en torno a la clasificación de las comedias)», en *Actas del quinto congreso internacional de hispanistas*, eds. F. López, J. Pérez, N. Salomon y M. Chevalier, Université de Bourdeaux III, Burdeos, 1977, II, pp. 867-871.

—, «Elementos tradicionales *pre-lopescos* en la comedia de Lope de Vega», en *Lope de Vega y los orígenes del teatro español (Actas del I Congreso Internacional sobre Lope de Vega)*, ed. M. Criado de Val, Edi-6, Madrid, 1981, pp. 37-60.

ZUGASTI, Miguel, «El espacio escénico del jardín en el teatro de Lope de Vega», en *Monstruos de apariencias llenos. Espacios de representación y espacios representados en el teatro áureo español*, ed. F. Sáez Raposo, Grupo de investigación Prolope-Universitat Autònoma de Barcelona, Bellaterra, 2011, pp. 73-101.

CLÁSICOS UNIVERSALES

Lope de Vega
MUJERES Y CRIADOS
Prólogo de ALBERTO BLECUA
Edición de ALEJANDRO GARCÍA-REIDY

Hasta hace muy poco, *Mujeres y criados* era una de las obras de la ingente producción dramática de Lope de Vega de la que solo se conocía el título. Sin embargo, el reciente y feliz hallazgo de un manuscrito del siglo XVII en la Biblioteca Nacional nos ha permitido por fin conocer esta elegante comedia de enredo concebida por su autor en pleno período de madurez creativa. Escrita y representada hacia 1613-1614, la obra explica la historia de dos hermanas que intentan deshacerse de sendos pretendientes para poder estar con sus amados, y posee todos los elementos que convirtieron a Lope en un maestro del género: triángulos amorosos, engaños, celos, dilemas de honor, conflictos entre jerarquías sociales...

Por todo ello, la publicación por primera vez de *Mujeres y criados* en una cuidada edición a cargo del profesor Alejandro García-Reidy supone un acontecimiento literario de primer orden que nos permite descubrir uno de los ejemplos más sobresalientes de comedia urbana de su autor.

LAZARILLO DE TORMES
Prólogo de JOSÉ MARÍA MICÓ
Edición de MARTA BILDÚ

El *Lazarillo de Tormes*, uno de los clásicos más influyentes de la lengua española, no solo supuso la presentación formal de todo un género, la novela picaresca, sino también la entrada de la narrativa europea en la modernidad, gracias a un perspicaz relato narrado en primera persona con extraordinario realismo y a la mirada crítica e irónica con que analiza los puntos más débiles de la degradada sociedad española del siglo XVI.

Francisco de Quevedo
POESÍA ESENCIAL
Prólogo de DÁMASO ALONSO
Edición de JOSÉ MARÍA MICÓ

Muchas son las conquistas literarias de Francisco de Quevedo, especialmente en lo que respecta a la poesía, terreno en el que su dominio de los temas, la retórica y el lenguaje le permitió crear los entretenimientos lingüísticos más lúdicos, las armas arrojadizas más certeras y los versos más expresivos y trascendentales. El conjunto de sus poemas conforman un frondoso y exuberante bosque en el que no es difícil perderse. Por ello, en esta edición, prologada por el académico Dámaso Alonso, se han seleccionado cuidadosamente sus composiciones fundamentales y han sido comentadas una a una y anotadas por José María Micó, especialista en la literatura del Siglo de Oro español, ofreciendo así una valiosa aproximación a una de las mejores plumas de la literatura española.

Calderón de la Barca
LA VIDA ES SUEÑO
Prólogo de EDWARD M. WILSON
Edición de JOSÉ MARÍA RUANO DE LA HAZA

Los astros han determinado el destino del príncipe Segismundo, quien desde su nacimiento se ha visto obligado a vivir una existencia salvaje, aislado del resto de los hombres e ignorante de su condición. Sin embargo, un día su padre y responsable de su confinamiento, el rey Basilio, decide comprobar si los hados se han equivocado o no al vaticinar que Segismundo será un tirano. Con *La vida es sueño*, la literatura española alcanzó uno de sus puntos más álgidos.

Larra
ARTÍCULOS DE COSTUMBRES
Prólogo de JUAN GOYTISOLO
Selección de RAFAEL FERRERES

Paradigma del Romanticismo español más auténtico, Larra fue un agudísimo observador de la realidad que le rodeaba. Sus artículos de costumbres son ventanas abiertas a la España del siglo XIX; sus comentarios políticos, dardos envenenados contra unas estructuras anquilosadas; sus textos de crítica literaria, acertados análisis repletos de propuestas e ideas para mejorar el panorama de las letras españolas y desligarse de la por entonces omnipresente influencia de la literatura francesa. Larra es hijo de su tiempo, pero también un escritor actual cuya influencia aún es palpable dos siglos después de su nacimiento.

Leopoldo Alas «Clarín»
LA REGENTA
Prólogos de ANTONIO VILANOVA *y* BENITO PÉREZ GALDÓS
Edición de GONZALO SOBEJANO

Obra fundamental de la narrativa española, *La Regenta* constituye una novela de una modernidad deslumbrante y de lectura inagotable. Mediante la figura central de Ana Ozores y una antológica galería de personajes, Clarín plantea el conflicto que supone el intento de satisfacer las ansias y los anhelos personales en un contexto gris y represivo. Rica en hallazgos narrativos, niveles de lectura sabiamente dispuestos y afinados análisis psicológicos, *La Regenta* es también una irónica e implacable mirada del autor a la sociedad durmiente de su tiempo, representada en la provinciana ciudad de Vetusta, cuyos habitantes están inmunizados contra los intereses espirituales.